ベリーズ文庫

エリート外交官は契約妻への一途すぎる愛を諦めない～きみは俺だけのもの～

【極上スパダリの執着溺愛シリーズ】

砂川雨路

STARTS
スターツ出版株式会社

目次

エリート外交官は契約妻への一途すぎる愛を諦めない
~きみは俺だけのもの~【極上スパダリの執着溺愛シリーズ】

エリート外交官は
契約妻への一途すぎる愛を諦めない
～きみは俺だけのもの～
【極上スパダリの執着溺愛シリーズ】

プロローグ

寒々しい三月の晩である。つい先ほど、職場を退職してきた私には、いっそう風が冷たく感じられる。

手にした大きめのエコバッグには、職場から引き取ってきた私物が詰まっている。

顔をめぐらせ、三階建ての営業所兼弁当工場を見つめた。短大を卒業してから丸四年お世話になった私の元職場の『二重丸弁当株式会社』。ため息が漏れる。二十四歳にして路頭に迷ってしまった。

「小枝さん」

低く優しく響く声は、後ろから聞こえた。何度も聞いた声だけれど、まさか。

振り向いた先にその〝まさか〟の人物がいた。

「……お客様……」

そこにいたのはほぼ毎日顔を合わせるお客さんだった。私の勤務先である二重丸弁当日比谷公園前店に昼時か夕暮れ時にやってくる男性のお客さんだ。背が高く、ダークスーツが似合う端整な顔立ちの年上の男性。正直に言えば、少しだけ憧れていた男性……。

そんな人が、普段顔を合わせる弁当店とはずいぶん離れた浅草の本社前で私に声をかけているのだから、私がいぶかしく思うのも当然だろう。

「加賀谷と言います。加賀谷博巳」

彼は低い声で名乗った。くっきりとした美しい二重の目が真剣なまなざしで私を射貫いている。

「加賀谷さん、……ずいぶん長く顔を合わせているのに、お名前も存じ上げず失礼しました」

先ほど名前を呼ばれて、どうして知っているのだろうと思ったけれど、考えてみれば普段着ていた弁当店の制服の胸元にはネームプレートがついていた。それで私の名がわかったのだろうと今更ながらに納得した。

「いかがされましたか？」

「二重丸弁当を辞めたと……うかがいました……」

「あ、そうなんです。一昨日が最終勤務でした。今日は荷物を取りに会社まで来まして」

「急ですね」

加賀谷さんというこの男性がどうしてここにいるのか私にはまだわからない。だけど、四年間ほぼ毎日会ってきた彼がおそらく官公庁勤めの人だろうとは想像していた。胸ポケットから見えたカード型の通行証は、同じく官公庁勤めのお客さんたちがよく持っているものだったからだ。

スマートな佇まい、端整な容貌、お弁当を買うときのわずかなやりとりでも垣間見える気遣い。

そんな彼を素敵だと思っていたのだもの。

「ご挨拶もできずに申し訳ありませんでした」

「詮索するようですが、何かありましたか？」

「ええと……一身上の都合といいますか……お客様にするようなお話ではなくて、ですね」

あは、と笑って必死にごまかすけれど、訳ありなのはバレているようだった。加賀谷さんの目がわずかに鋭くなる。

「次のお仕事はお決まりですか？」

「……いえ、……未定です。社員寮から引っ越さなければならないので、新しい住所が決まってからと思っていました」

「社員寮……、新しいお住まいも探すということですね」

突っ込んだ質問の数々に、彼の真意を測りかねている私。どうしてこんなところで出会ったのかもわからない上に、私の状況まで把握されつつあるんですけれど。

「突然ですが、お願いがあります」

加賀谷さんの口調が変わった。穏やかで低い語り口調から、社内会議でプレゼンでもするかのような張りのある凛々しい声になる。

「小枝さん、俺と結婚してもらえませんか？」

「は？」

突然の言葉に妙な声が出てしまった。加賀谷さんは今なんと言っただろう。私の聞き間違いだと思うのだけれど、『結婚』と言ったような。

「俺と結婚してほしいんです。きみにしか頼めません」

「え、ええ、と、あの、ちょっと」

やっぱり聞き間違いじゃなかった。結婚と言ったわ、この人。

でもそんなのおかしい。いくら顔見知りだからって何も知らない女性にいきなり結婚を申し込む？　交際じゃなくて結婚？

確かに私はこの人に憧れていたし、顔が見られた日は嬉しかったりしたものだけれど……でもいきなり結婚なんて言われても……。

戸惑ってまごまごと言葉を探す私に、加賀谷さんは真剣な表情で詰め寄る。私の手をがしっと握ってこう言ったのだ。

「俺と三年間の契約結婚をし、イタリアに行きましょう」

契約結婚？　イタリア？　もっと突飛な単語が出てきて、脳の処理が追いつかない。

私はとうとう言葉をなくし、彼の顔をひたすらに見つめ返すのだった。

1 小枝菊乃は弁当店勤務である

二重丸弁当日比谷公園前店は私・小枝菊乃の勤め先だ。一応、店舗責任者だったりする。

都心ど真ん中、日比谷公園近くのビル一階にあるこの店舗はいつも混雑する。千客万来、ありがたいことです。でも昼時は毎日戦争のようだ。ピークが過ぎると一度閉店して、夕方に再オープン。仕事や学校から帰るお客さんがお弁当を買っていく。

「いらっしゃいませ」

「日替わりひとつと唐揚げ五個入ね」

「ありがとうございます。ご一緒にポテトサラダはいかがですか？　今日はサービスデーなんです」

「お、じゃあ、それももらおうかな」

カウンター越しにお客さんとやりとりをするのも、丸四年になる。短大を出て、伯父さんの経営する二重丸弁当の正社員にしてもらえたのはありがたいことだ。

「ホイコーロー弁当と唐揚げ弁当ね。ポテトサラダも」

「ありがとうございます。お箸はいらないんでしたね」

「そうそう、覚えてくれてありがとうね」

都心の弁当店といっても常連も多く、名前は知らなくても顔見知りといった関係のお客さんばかりだ。接客は手早く、アットホームに。二重丸弁当の味が好きで、わざわざ買い物に来てくれる人たちには、少しでも明るい気分になってほしい。

(あ……)

わずかに人の流れが切れたタイミングで店内に入ってきた男性がいる。私は心の中で声をあげた。

いつも来てくれるお客さんだ。

年の頃は三十代前半だろうか。すらっと背が高くいつも黒っぽいスーツを着ている男性。ワックスで前髪をオールバックに固めていて、堅そうな雰囲気が伝わってくる。

そして一番の特徴は、とにかく顔立ちが綺麗で整っているということ。

(今日はお昼なんだ。会えてラッキー)

彼は昼時か夕方、週三、四日は買いに来てくれる常連だ。雰囲気から官公庁にお勤めの方かなと想像している。日比谷公園沿いのお店は霞が関が近く、首から通行証を下げた官公庁の職員は毎日多く来店する。彼はいつも、カード型の通行証を胸ポケットやジャケットの内側にしまって来店するのだけれど、シャツの胸ポケットからちらっと似たデザインのカードが見えたことがあるのだ。

それと、おそらくは独身。夕方に買っていくお弁当はひとり分だし、たまにコンビニのレジ袋に缶ビールやお茶が一本入っているのを見かけるから。もちろん全部想像だ。

平日ほぼ毎日出勤している私は、彼との遭遇率が高い。

「いらっしゃいませ」

「こんにちは。日替わりをお願いします」

低くてよく通る声が耳に心地いい。今日も格好いいなあ、眼福眼福……いえいえ、お客さんに差をつけたりなんかしません。他のお客さんに薦めたように尋ねる。

「本日ポテトサラダがサービス価格です。ご一緒にいかがですか？」

「今日はやめておきます。あまり食べると午後の会議で眠くなってしまうので」

「それは困りますね」

ふふ、と笑うと彼もぎこちないながら控えめな笑顔を見せてくれる。

私よりずっと年上だろうけれど、こんな一瞬は可愛いなと思う。だって、食べすぎたら眠くなるから注意しているんでしょう。会議でうつらうつらしているこの人を想像すると、また可愛い。

「午後も頑張ってくださいね」

彼はかすかに頷き、お弁当の袋を手に踵を返した。

次のお客さんの接客をしながら、視界の片隅で背の高い後ろ姿を見送る。こうして、彼との一瞬を嬉しく思う程度に、私は彼が気になっているのだろう。

かれこれ四年、ただ見ているだけの憧れの人は、私の心の栄養だったりする。

十四時半に店を閉め、昼のアルバイトスタッフはここで解散。私は売れ残りなどを積んでワゴン車に乗り、一度浅草の本社に戻る。

二重丸弁当株式会社は私の伯父が経営する弁当製造会社だ。浅草に小さな工場と営業所を持っている。オフィス街に三か所の店舗を持ち、学校や区役所とも契約して弁当を配送している。

「菊乃、夜営業分の発注書を確認しておけ」

営業所に入ると、デスクに着くより先に伯父が声をかけてきた。

「はい、社長」

返事をすると、私の手から昼の売れ残りのリストをひったくるように取る伯父。

「おまえの見立てで日比谷公園前店の配食は決めてるが、ロスも少ないし、売り上げは伸びてる。ボーナスは期待しろよ」

「ありがとうございます！」

伯父は体格も大きく、語り口調も威圧的な人だけれど、悪い人ではない。田舎から出てきて仕出し料理店に婿入りし、一代でお弁当会社を作った人だ。それなりに苦労もしているだろうし、他者への当たりの強さはそれゆえの厳しさなのだと理解している。

「菊乃、ゴールデンウィークあたり実家に戻る用事はあるか」

「いえ。お正月に帰ったばかりですし」

私の実家は伯父にとっても生家であり、今は私の両親が暮らしている。山陰地方の農村で、父は地元企業勤めだ。実家の新築や亡き祖父母の介護費用などは、長男の責任だからと伯父がかなり負担をしたそうだ。

私自身、伯父一家には短大時代からお世話になっている。どうしても東京の学校に行きたいと希望した私のため、受験期は家に泊めてくれ、短大に進学してからは、週に何度も夕飯に呼んでくれた。そんな伯父夫妻に卒業後の進路として「人が足りなくて困っている。うちに勤めないか」と言われ、断りづらかったのは事実だ。

当時私が希望していた英語を活かせる職は、アルバイトや臨時雇用ばかり。奨学金を返すためにも安定した就職先は必須だった。両親も伯父の会社なら安心してくれるだろうと、二重丸弁当に入社させてもらった。

仕事は楽しいし、伯父も伯母も私を信頼してくれている。社員寮のおかげで、ゆとりが生まれて奨学金の返済やわずかながら貯金もできる。

本当はもっと英語や他の外国語を勉強したかった。仕事にできるくらいの語学力を身につけたかった。

しかし、それはお金を貯めていつか自分で再び学校に行けばいいのだ。夢がついえたわけじゃない。少し先になっただけ。

今は伯父夫妻への恩返しとお金を貯めるために、仕事を頑張る時期だと思っている。

「おい、菊乃」

「はい」

経理に出す書類を作っていると声をかけられた。デスクの横に立っているのは従兄の正さんだ。私より五つ年上で、痩せた身体を仕立てのいいスーツに包んでいる。眉間にはいつもの皺。

「おまえがやってなかったアルバイトの勤怠管理、俺がやっておいたからな。後回しにするんじゃねえよ」

「ありがとうございます。でも、総務の曽根さんが一月からまとめてやってくださってるので、お渡しする予定でした」

苛立った口調で話しかけられるのはいつものことなので、私も臆したりしない。媚びて、機嫌を取るつもりもないけれど、好戦的な態度も示さない。なるべくフラットでいることが、この怒りっぽい従兄と渡り合うやり方だと思っている。

「はあ？　俺、そんなの聞いてないけど？」

声高に言われ、私もなんと答えたものかと迷う。日比谷公園前店の勤怠管理は責任者の私が担当しているので、本社の営業担当の正さんが手を出すことではない。そもそも、一月の時点で私や他の店舗責任者と、総務の間で話がついていることだ。どうして関係ないのにかき回すようなことをするのだろう。

「そうでしたか。では、私が曽根さんに言っておきますので、正さんはご自分のお仕事に戻ってくださって結構です」

「なんなの、その言い方。おまえさあ、俺が親切にやってやってんのに、あしらおうとすんじゃねえよ」

正さんには短大時代から好かれている気がしない。誰にでも怒りっぽい彼が、従妹の私相手だと五割増しで不機嫌なのだ。

　あまり考えたくはないけれど、私の仕事の領分に手出しするのは粗探しをしたいからだろう。陰険な従兄に好かれたくはなくても、同僚として足を引っ張られるのは困る。

　営業所から廊下に出たはずの伯父が、たまたま戻ってきて私と正さんを見つけた。正さんが私に対しては上から目線なのを伯父はよく知っていて、また絡まれていると思ったのだろう。

「おら、正！　菊乃に絡んでんじゃねえ。そんな暇があったら、新しい取引先を一件でも見つけてこい」

　伯父の声に正さんがびくっと肩を揺らす。伯父に見えない角度でわかりやすく嫌そうな顔をし、それから私を憎々しげに睨みつけて離れていった。伯父は忘れ物のスマホを持つと、再び営業所から出ていく。

「気にしないほうがいいわよ、菊乃ちゃん。正さんは、菊乃ちゃんの方が仕事ができるのが気に入らないのよ」

　用事があって近づいてきていた工場パートの和田（わだ）さんが言う。正さんはパート社員の女性たちにもきつく当たるので嫌われているのだ。

そのくせ、正さんは両親である伯父や伯母の前では従順なひとり息子を演じている。伯父や伯母は正さんの二面性を薄々は知りつつも、若さから虚勢を張りたいところもあるのだろうと見守っているようだ。伯父などは時折、きつく怒鳴ったりもするが、本質的に正さんを否定したりはしない。

「あんな人がこの二重丸弁当を継いだら私辞めちゃうわ」

「そんなこと言わないでください、和田さん」

「菊乃ちゃんが社長の跡を継いでくれたらいいのに。姪っ子だし、正さんよりよほど資質があるわよ。誰に対しても思いやりがあるし、仕事は早くて的確だし」

「私なんかには務まりませんよ」

苦笑いして答えるのは割と本心だ。二重丸弁当は好きだけれど、社長を目指しているわけじゃない。正社員として、社長の身内として恥ずかしくない行動を心掛けているだけ。

あとは、こういった言葉を正さんが耳にしないといいなと思う。私もパートさんたちも、もっときつく当たられるだろうから。

夜の弁当店は十七時から二十二時が営業時間だ。

店舗責任者の私は開店か閉店のどちらかは店舗にいることが多い。勤務時間が長すぎるので、通しで昼も夜も勤務する日は長めに休憩をもらったりする。もちろん、昼営業のみの早番と夜営業のみの遅番という勤務日もある。

今日は通しなので、午前と午後にそれぞれ、そしてこの間の時間にも休憩がある。一度近くの自宅である社員寮に戻った。と、いっても食事を取ってひと息ついたらまた出勤なのだけれど。

「あの人、今日も格好よかったなあ」

私は昼時に会った彼のことを思い出す。午後の会議は眠くならずに済んだだろうか。あんなきりっとした人なのに、やっぱり可愛い。

官公庁にお勤めだとしたら、どこだろう。きっと頭のいい学校を出て入庁したに違いない。

そういったところではどんな仕事をするのだろう。私には想像もつかない。

「今が不満ってわけじゃないけど」

金銭的な事情で四年制の大学には行けなかった。短大も奨学金で通ったし、まだまだ返済をしなければならない。海外コミュニケーション学科で、英語を始めとした多くの語学に触れたけれど、それが就職には繋がらなかった。

実家の近くで就職することも考えたけれど、英語を学び直すにしても違う語学を学ぶにしても、東京にいたほうが新たに学ぶ機会はあるに違いないと伯父の会社に厄介になった。

だけど結局今日まで、学び直す機会も得られないままだ。日々の忙しさが現状維持でいいとささやく。いや、このままじゃいけない。

仕事や未来には繋がらなくても、私は外国語を学びたいし、その世界に触れたい。夢は終わったわけじゃないと自分で思っている。それなら、そろそろ一歩踏み出してもいいかもしれない。

「お休みの日に、ボランティアとかしてみようかな」

浅草などの観光地には英語の案内ボランティアなどがある。もうじき新年度、動き出してみるにはちょうどいいタイミングかもしれない。

休憩を終え、ワゴン車を運転して日比谷公園前店に戻った。アルバイトスタッフたちとお弁当を運び、夜の営業スタートだ。といっても、夜の営業は来客時間がばらけるため、昼ほど混雑はしないのが幸いだ。

二十時半過ぎ、客足もまばらなこの時間帯にあの人が再び現れた。

日に二度来るのは珍しいので、思わず身を乗り出すように声をかけてしまった。

「いらっしゃいませ。お疲れ様です」

「昼はどうも」

彼は涼やかな声で言う。笑顔というわけではないけれど、仕事終わりのくつろいだ雰囲気を感じる。

「会議は眠くならずに済みましたか？」

「いえ、ポテトサラダを我慢したのに眠くなりました。あんなことなら食べればよかったです」

「あらあら」

些細（ささい）な会話が嬉しい。他のお客さんとだってこうして話すけれど、この人と話すのは私にとってちょっとだけご褒美。このくらいの日常の楽しみはいいよね。

「それで……どうしてもこの店のポテトサラダが食べたくなってしまいまして」

「まあ、それはありがとうございます！」

私はポテトサラダのパックを手にして微笑（ほほえ）んだ。

「本日は終日サービスデーです。今日の午後に作った美味しいポテトサラダをお持ちください」

「ありがとう。来てよかったです」

彼はポテトサラダとミネストローネを買って帰っていった。後ろ姿を見送りながら、まだ頬が緩んでいる自分を感じる。

「イケメン常連さん、わざわざポテトサラダを買いにきたんですか？」

彼が行ってしまい客が捌けると、一緒に勤務していたアルバイトの清原さんが口を開いた。私よりひとつ年下の女性で、大学院生。私が入社した頃からここで働いてくれ、年も近いので同期みたいな感覚だ。

「そうなの。会議で寝ないようにお昼のときは我慢したんですって」

「可愛いこと言うんですね。私とも挨拶なんかはしてくれますけど、そんなに話しませんよ。めちゃくちゃイケメンでちょっととっつきづらく見えるじゃないですか」

「そうかな。話してみると気さくな感じだよ。ポテトサラダの件も、私がゴリ押しで薦めたからかもね」

「だからって帰り道に寄って買っていくなんて。薦めたのが、小枝店長だからじゃないですかぁ？」

「いやいや、たまたまでしょ」

そんなふうに言いながら、彼の心に少しでも昼の私が残っていたならいいなと思った。まあ、心に残っていたのは弊社の美味しいポテトサラダなわけなんですが。

(ともかく、ポテトサラダのおかげであの人と二回も会えた)

まだにまにまと緩んでしまう頬を押さえ、残りの勤務を終えたのだった。


三月も終わりが近づくその日は、いつもと変わらない日だった。私は早番で昼の店舗勤務を終え、本社で定時まで書類を作って終わりというスケジュール。

「菊乃、ちょっとこっちに来い」

伯父に呼ばれたときも、別段不審にも思わなかった。社長室に入ると、伯父と伯母、正さんがそろっていた。さらに総務の佐々木部長と経理の川崎課長がいる。この時点で何かあったのかな、とは思った。

「菊乃、おまえはここに呼ばれたことに対して何か心当たりはあるか?」

「え? ……心当たりですか?」

「あるなら、俺が口にする前に言え」

伯父の表情は硬く、普段より口調は高圧的だった。もしかして、私が何かをしたのだろうか。ようやく私の頭もめまぐるしく回転し始める。しかし、どう考えても心当たりはない。

「わかりません。なんのご用事ですか」

「菊乃、これを見なさい」

伯母が差し出してきたのは手書きの領収書だ。品代と書かれてあり、金額は二十万円。同じような金額の領収書が五枚ある。商品はわからないが、買った場所はバラエティショップのようだ。

「領収書ですか？」

「あんたが経理に出したんでしょう」

もう一枚の用紙は経理に経費申請をする際の書類である。二重丸弁当ではこういった書類は各部署のフォーマットがあり、そこに詳細を打ち込んでプリントアウトして提出というスタイルを取る。ネット環境の整備が進んでいないため、書類保存は紙が多い。

「あんたのパソコンに、この書類の大本が残っていたよ」

「いえ、本当に心当たりがないです」

私は首を振った。パソコンにそんな書類があったなんて知らない。パソコン自体にパスワードをかけてあるから、簡単には開けないはずなのに。

「店に行ってそのときのレシートを出し直してもらったわよ。子どもが買うようなカードゲームパックを箱ごと何個も買ったそうじゃない」

「知りません」

なんの話かまったくわからない。なぜ、私がカードゲームのおもちゃを大量にほしがるというのだろう。なぜ経費で買ったことになっているのだろう。

「転売したんだろ。このカード、プレミアカードが絶対入ってるヤツだ。ネットで売れば、何倍もの金額であっという間に売れる」

正さんが呆れたようにため息をついて、私を指さした。

「会社の経費を使って小銭稼ぎとは、恩をあだで返しやがって」

「私、そんなことはしてません！」

はっきりと弁明の言葉を口にする。本当にわからないのだ。

「小枝さん」

経理の川崎課長が差し出してきたのは一枚のメモだ。それは私がよく使っている小鳥の絵柄のついたメモパッド。「経費申請書類です。よろしくお願いします。小枝」という文字は私の筆跡だった。

しかし書いた覚えがまったくない。

「この領収書と一緒にクリップで留められていた。きみの字に見える」

書類と一緒にこういったメモをつけるのはよくあることで、総務も経理も私の字を見慣れているだろう。

「菊乃のパソコンに書類の大本があって、書類につけられていたメモはあんたの書いた字。まだ言い逃れできるつもりでいるの？」

伯母が怒りに満ちた声で追及し、伯父が低い声で尋ねた。

「菊乃、本当におまえが使い込みをしたのか？」

「していません！」

断言できる。私はそんなことしていない。

書類は私のパソコンのパスワードがわかれば作れる。管理は総務の田澤（たざわ）さんという男性がしているはず。彼からパスワードを聞き出し、私がいない隙にパソコンを使えば可能だ。

メモは私の筆跡を真似たか古いメモを取っておいて流用すればいい。

「私はそんな泥棒のようなことはしません。調べてもらっても構わないです。警察を呼んで調べてください」

総額は百万円程度。警察に被害届を出せばいい。この営業所には監視カメラもないけれど、購入したバラエティショップにはあるだろう。調べてもらえれば、私が購入していないとわかる。

「おいおい、馬鹿か、菊乃。親父もお袋もおまえが正直に話せば、通報せずに許すって考えてるんだぞ」

正さんが嘲笑めいた声音で言った。

「若いうちから勉強と労働ばかりで楽しいことも知らないおまえだ。魔が差すってこともあるだろ。懐が広い親父たちは、姪っ子の将来を思ってここだけの話にしてやろうって言ってるんじゃないか。それを自分から警察沙汰にするなんて、頭が悪すぎるだろ」

見下した顔で私を糾弾する正さんを見て、すっかり理解した。警察沙汰にされて困るのはこの人だ。そして、彼がどうして私の仕事に手出ししていたのかもわかった。私の筆跡を盗むためだ。隙をうかがうためだ。

おそらく田澤さんを丸め込んでパスワードも盗んでいる。気の弱い田澤さんは以前から正さんに逆らえていない。正さんひとりハイスペックなパソコンをセッティングしてもらっていて、彼がそれをゲーミングパソコンとして私物化しているのは社内の誰もが知っているのだ。

絶望的なのは、ここにいる人たちは私が横領をしたのだと思い込んでいるという事実。

伯父や伯母は、正さんの困ったところには気づいていても、普段従順な息子が私を陥れるためにここまでするとは思っていないだろう。さらに正さんを横領犯だと考える方が受け入れがたいのかもしれない。薄っぺらい証拠でも、私を犯人だと決めつけてしまえば、気持ち的に楽なのだ。悲しいことだけれど。

かといって、私はやってもいない罪を認めるわけにはいかなかった。

「私はやっていません。調べてください。警察を呼びましょう」

「おまえが認めてくれたら……そう思っていたのにな」

伯父が珍しく覇気のない声で言った。

しかし、次の瞬間には私を睨みつけ、苛烈ないつもの口調に戻る。

「出ていけ。今日限りでクビだ」

「伯父さん！」

思わず社長ではなく伯父さんと呼んでしまったのは、伯父にだけは信じてほしかったからだ。厳しくても威圧的でも、私は伯父を信頼していたし、頼りにしていた。

こんな穴だらけの証拠で、讒言を真に受けるなんて信じられない。

「明日から来なくていい。社員寮からも月末までに出ろ。おまえの実家に俺からは言わないでおいてやるから、自分で事の次第を話せ」

「親父が優しくてよかったなあ」

正さんがせせら笑うように言う声がぐるぐる回る頭に響いた。嘘みたいだ。私は簡単に陥れられてしまった。

私は伯父だけを見つめた。この場でたったひとり頼りにしていた伯父は、私を信じようとはしていない。だからこそ、はっきりと言い切った。

「伯父さん、私はやっていません。信じてほしかったです」

これ以上何を言っても無駄だろう。それだけ伝え、私は踵を返した。


私がクビになったというのは翌日には広まったようで、アルバイトの清原さんからは心配するメッセージをもらった。私は急な退職を詫び、トラブルがあったが日比谷公園前店にかかわることではないので引き続き勤務を頼みたいという返信をした。清原さんは、アルバイトスタッフの中でもリーダー的存在。きっと上手に話してくれるだろう。

翌日は何ができるかいろいろ考えたが、徐々に気力が萎えていくのも感じていた。怒りや焦燥が次第に強い疲労感に変わっていく。培ってきた時間はなんだったのだろう。伯父を信頼していた。伯母はきつい人だけれど、姪として可愛がってくれた。

それなのに、ふたりとも息子の讒言を信じてしまった。

むなしい気持ちでいっぱいだ。

「もういいか」

二重丸弁当で頑張る理由がなくなった。どれほど私が名誉回復に努めても、誰も聞く耳を持ってくれないならもういいのだ。

クビから二日目の夜、私はおとなしく自分の荷物を取りに会社へ向かった。退職の手続きをしたが、退職金は出ないそうだ。横領でクビの扱いだからだろう。

「菊乃ちゃん」

「小枝さん」

営業所では工場パートの女性たちが何人も待っていてくれた。もう終業時間が過ぎている彼女たちは私のために居残っていたのだ。

「辞めちゃうって聞きました」

「嘘でしょう。お金の話……信じられないわ」

「菊乃ちゃんがそんなことするわけない」

他の社員の目もはばからず彼女たちは口々にそう言う。この場に正さんがいないのが幸いだった。私は彼女たちに小さい声で答えた。

「私は何もしていません。でも、信じてはもらえませんでした。私は辞めますが、会社のことをよろしくお願いします。二重丸弁当のファンはたくさんいるんですから、皆さんが味を守ってくださいね」

他の社員が私をどう思っているのかはわからない。噂が流れているなら、皆伯父たちのように私の罪を信じているのかもしれない。

それでもパートの彼女たちが私を信じようとしてくれているのに胸が熱くなった。

和田さんが耳打ちするように顔を寄せてくる。自然と他の女性も円陣の状態で顔を寄せた。

「絶対に正さんが何かしたのよ。社長が菊乃ちゃんを可愛がってるから、陥れようとしたに違いないわ」

「この前、取引先の部長さんが菊乃ちゃんをすごく褒めてたのよ。社長は嬉しそうにしてたけど、正さんがものすごく面白くなさそうな顔をしてた」

「やたらと小枝さんのデスクの周りをうろうろしてたよ」

口々に飛び出す情報。私だって、正さんの仕業だと感じている。だけど、会社を追い出される私には調べられないし、何より少し疲れてしまった。

「皆さん、もういいんです」

犯人捜しはしない。私は深く頭を下げた。

「四年間、本当にお世話になりました」

エコバッグに荷物を詰め、約四年勤めた会社をあとにしたのだった。


三月の夜は冷える。ため息をついて明日からのことを考える。どうしよう。

まずは仕事を探して、それから住むところを……。いや、逆でないと駄目だろうか。

それとも無職ではアパートを借りられないだろうか。

実家にはまだ連絡していない。

伯父は自分でしろと言い、それは伯父なりの最後の情けなのだろうけれど、そもそも私は何もしていないのだ。……いや、甘く見ていた。正さんは私が邪魔だったのだろう。目障りだったのだろう。だから排斥に動いたのだ。偽の罪をでっち上げて、こんな悪辣な方法で。

「小枝さん」

その柔らかく低い声は、私の後ろから聞こえた。くるんと振り向くと、そこには思わぬ人物がいた。

「……お客様……」

あの人だ。いつも買いに来てくれる素敵なお客さん。

どうしてこんなところにいるの？　ここは浅草で、日比谷公園前店からは離れているのに。そして私の名前を呼んでいる。

「加賀谷と言います。加賀谷博巳」

「加賀谷さん、……ずいぶん長く顔を合わせているのに、お名前も存じ上げず失礼しました。いかがされましたか？」

「二重丸弁当を辞めたと……うかがいました……」

彼は深刻な表情で私を見つめている。私の内面を見透かされたようで、敢えて明るい声で答えていた。

「あ、そうなんです。一昨日が最終勤務でした。今日は荷物を取りに会社まで来まして」

「急ですね」

「ご挨拶もできずに申し訳ありませんでした」

「詮索するようですが、何かありましたか？」

「ええと……一身上の都合といいますか……お客様にするようなお話ではなくて、ですね」

「次のお仕事はお決まりですか？」

詰め寄られる形で、私は驚いてわずかに後ずさった。

「……いえ、……未定です。社員寮から引っ越さなければならないので、新しい住所が決まってからと思っていました」

「社員寮……、新しいお住まいも探すということですね」

加賀谷さんの声のトーンが変わる。きりりとした表情は見惚れるほど綺麗だ。

「突然ですが、お願いがあります。小枝さん、俺と結婚してもらえませんか？」

「は？」

「俺と結婚してほしいんです。きみにしか頼めません」

「え、ええ、と、あの、ちょっと」

結婚？　それは私と？　でも待って、私とこの人はお客さんと店員の関係で、今まで一度だって男女として会ったり話したり出かけたりしたこともなくて……。

狼狽する私の手を加賀谷さんが力強く取った。ぎゅっと握られ、心臓が跳ねる。

「俺と三年間の契約結婚をし、イタリアに行きましょう」

契約結婚、イタリア……。私とこの人が？

仕事も住む場所もなくし、混乱の極みにいる私に、それらパワーのある言葉たちの処理は簡単ではなかった。

もう駄目。キャパオーバーです。

握られた手をほどくこともできず、加賀谷さんの綺麗な顔をじっと見つめるばかり。

自分がどんな顔をしているか、なんと答えたらいいかもわからなかった。

2 加賀谷博巳は外務省勤務である

外務省、国際情報統括官組織第五国際情報官室。この長い名称の部署が俺、加賀谷博巳の職場だ。大学卒業と同時に入省し、今年三十五歳になる。海外勤務経験は二十代の頃に一度。それ以降は省内で着実に経験を積んできた。キャリア形成は順調と言えるだろう。

「ヨーロッパですか」

「ああ、半年後だ。どこになるかは決定次第連絡する」

上司である真野（まの）室長はデスクで手を組み、正面に立つ俺を見上げた。

「二十代の頃はスペインだったな」

「はい。三等書記官として」

「今回は一等書記官として赴任することになる」

真野室長の目がきらんと光る。

「加賀谷、おまえの業務内容はわかっているな」

「はい。表向きは文化振興、交流を主業務とします。平行して……」

「情報収集、対人諜報活動を行ってもらう」

にっと微笑んだ上司は、ごくごく当たり前のこととして諜報活動という言葉を口にした。

俺の職場である第五国際情報官室は公的なスパイを養成、派遣している部署だ。新聞やネットでなんでも情報が取れる時代だが、情報は生ものである。現地の空気を知り、現地の人間と交流することで得られる情報は、いつの時代も重宝されている。

文化交流の名目で現地の人脈を作り、政府関係者との接点を増やし、情報を得る。これが俺に求められている仕事である。

「大使館内の他の職員はおまえが第五国際情報官室の人間だと知っている。何が主目的かは察してくれるだろう」

真野室長は言葉を切り、うかがうような口調になる。

「ところで加賀谷は独身だったな。セクハラだと思わずに聞いてほしいんだが、もし恋人がいるならこの機会に結婚して連れていくのも手だぞ」

「結婚ですか……」

言いたいことはわかる。妻帯者の方が自然に現地で動き回れるからだ。散歩の名目で連れ立って歩き回ってもいいし、パーティーなどの社交の場もなじみやすい。大使夫人を中心とする職員家族のコミュニティもあり、大使館内の情報は妻が持ってきてくれる場合もある。

「スペイン時代は独身でも問題なく仕事ができましたが」

「あの頃と今のおまえでは役職が違う。今回は一等書記官として行くんだぞ。政府高官と直接渡り合う立場だ」

確かに当時は使い走りのような仕事が多く、今のような裏まである仕事を任じられることはなかった。

「妻帯は何かと都合がいい」

「はあ」

「行けば三年は帰ってこられない。待たせるのも可哀想だろう」

「いえ、残念ながら待たせるような女性はいません」

答えながら、脳裏をよぎるひとりの女性の姿。

それは週に何度も顔を合わせるけれど、お互いのことをまったく知らない人だ。結婚相手、恋人という単語で彼女を思い浮かべるなんてどうかしている。

小枝という苗字しか知らない彼女は弁当店の店員。そして俺はただの客でしかない。

「そうか。半年の間に誰かいい人が現れるとも限らない。そういった場合はすぐに言ってくれよ。同行の家族も調査しなければならないからな」

「わかりました」

そんなことはあり得ないだろうと思いながら俺は頭を下げた。

彼女から弁当を買うようになって四年くらいになるだろうか。

最初はたまに行く弁当店に新しい店員が入った程度の認識だった。やがて、周囲に指示を出している姿から、彼女が新しい店舗責任者なのだとわかった。二十代になったばかりだろうか。ひとつまとめにしたダークブラウンの髪、大きな丸い目と小さな鼻、綺麗な手の形。身長は俺より二十センチほど低く、百六十センチ代前半といったところ。きゅっと引き締まった体形をしている。

何より笑顔がまぶしい女の子だった。

『ありがとうございました！』

俺だけに向けられているわけじゃないのに、その笑顔に癒されるような気がして、気づいたら頻繁に通っていた。

週一回行くか行かないか程度だった弁当店に、週三回以上通うようになった頃には彼女も俺を常連客として認識したようだ。

『いらっしゃいませ。以前好きだとおっしゃってた唐揚げ弁当、今日はサービス価格ですよ』

『遅くまでお疲れ様です。野菜のお惣菜がおすすめですよ。それともお疲れのときはがっつり派ですか？』

些細な気遣いの言葉が嬉しかった。にっこり微笑まれるとどきっとした。

三十を過ぎて何をと思うが、恋愛はあまり経験豊富な方ではない。高校時代は勉強一筋。努力実って入学した国立大学時代、告白されて女子と交際したことは何度かあったものの、長続きせず終わってしまった。

どうやら俺はつまらない男らしい。勉強ばかりで気の利いたデートもできないし、愛情も見せてくれないとのこと。皆「あなたに好かれている気がしない」「私に興味がないんでしょう」というような似たセリフを残して去っていった。

恋愛に向かないのだろう。そもそも俺自身、彼女たちを引き留める労力を惜しんでしまったのだから、その程度の興味しか持てなかったのだ。もう不幸な女性を増やさないようにしようと、俺の見た目だけで交際を希望する女性は片っ端から断り続けた。

入省してからもその繰り返しで、気づけば三十を超えていた。

俺は恋愛すべきでないとわかっている。その上、十は若いだろう可愛い女の子に、妙な気を起こすべきではないのだ。感情の整理はついている。

弁当店に通ってしまうのは日々の癒しとして彼女の笑顔を見たいから。所謂（いわゆる）〝推し活〟だ。同僚に女性アイドルの熱心なファンがいるが、彼は自分の好意と応援する気持ちを〝推し活〟だと言っていた。俺の感情もそれに近い気がする。彼女のために売り上げに貢献しているのだ。このくらいのささやかな楽しみが三十代の男にはちょうどいい。

（だけど、あと半年であの笑顔も見られなくなるのか）

外交官として渡航するのは以前から決まっていたことだ。第五国際情報官室の職員は機密を運ぶエージェントでもあるので、若いうちは経験のためだけに渡航する。本命の役目を帯びて渡航するのは、国内での業務実績を積んでから。そろそろだろうとは思っていた。

それでも、あと半年で彼女と会えなくなるのは正直寂しい。

四年もの間、いい客でいた。進展させるような仲じゃないと自分を律してきた。

もし三年の任期を終えて戻ったとき、彼女がここで働いていなかったらどうだろう。

誰かの妻になり、子どもを産んでいたらどうだろう。

俺は一生後悔するんじゃなかろうか。

（ほとんど何も知らない店員にこんな気持ち……）

つい足が弁当店に向かう。昼に彼女の顔を見たばかりだというのに。

「いらっしゃいませ。お疲れ様です」

店舗に入ると彼女が「あ」という顔をし、声をかけてきた。昼も夜も勤務している日があるのは知っているが、会えてラッキーだと思った。

「昼はどうも」

他にも店員がいるが、もしわずかでも彼女とふたりきりの時間ができたら話してみようか。半年後に転勤するのだと。

彼女がほんの少しでも寂しそうな顔をしてくれたら……。

「会議は眠くならずに済みましたか？」

小首をかしげて尋ねてくる彼女。なんて可愛いんだろう。

店内に総菜を選んでいる客はいるが、レジには俺だけ。他の店員がバックヤードにでも行ってくれたら、彼女に言える。会話を引き延ばしたい。

「いえ、ポテトサラダを我慢したのに眠くなりました。あんなことなら食べればよかったです」

世間話をしながら、様子をうかがうが、アルバイトの店員はレジ横の箸やお手拭きの補充をしていて、離れそうもない。そうこうしているうちに、総菜を選んでいる客が俺の後ろについてしまった。

「それで……どうしてもこの店のポテトサラダが食べたくなってしまいまして」

結局ポテトサラダの話しかできていない。違う。そうじゃない。俺は海外転勤をして、きみには会えなくなるんだ。あと半年、その間に俺と……。いや、何を言おうとしているんだ、俺は。

「まあ、それはありがとうございます！」

彼女はポテトサラダのパックを手に花開くように笑った。可愛い笑顔だ。

「本日は終日サービスデーです。今日の午後に作った美味しいポテトサラダをお持ちください」

「ありがとう。来てよかったです」

情けないことに、俺に言えたのはそれだけだった。

内示から半月、俺の行先がイタリアだと決まった。

ここから半年は準備期間に入る。現地の言葉を覚えるのも大事な仕事だ。

彼女には転勤を言えないままだ。いや、言えなくてもいい。そもそも彼女と俺は店員と客。世間話はしても、お互いのことを話す理由はない。

俺は彼女の苗字しか知らないし、彼女は俺の名前も仕事も知らない。そんな間柄で、もやついた感情を抱えているのが変なのだ。

その日、いつも通り弁当店に入って「あれ」と思った。彼女がいないのだ。

実は昨日もいなかった。一昨日は夕方に行ったがいなかった。

たまたまかもしれない。旅行や家族の用事などもあるだろう。しかしこの四年、まとめて何日も休むことがない彼女がいないのはなんだか妙に感じた。

夕方にもう一度訪れたがやはり彼女はいない。

レジには見慣れない女性がいる。六十代くらいだろうか、厳しい顔つきをしていて、話しかけづらい。

「あの」

レジで唐揚げパックを差し出し、思い切って尋ねた。

「いつもいる小枝さんという店員さんはお休みですか？」

こんなことを聞いたら、ストーカーとでも思われるだろうか。勢いで尋ねてしまってから慌てた。

「いえ、風邪かな、と。感じのいい店員さんで、いつも丁寧な接客を感謝していますので。少し気になって」

俺にしては口数多く、言い訳をしてしまった。それくらい狼狽していた。女性は怪訝そうな顔をし、それからふうと嘆息した。

「辞めました」

「え!?」

俺はその女性の胸元にあるプレートの名前を見た。『丸中』……見たことのない店員で他の店員よりずっと年上に見える。もしかするとこの女性は二重丸弁当の社員ではなかろうか。彼女について、詳しく知っているかもしれない。

「あの……、実は彼女に非常に親切にしてもらったことがあり、直接御礼を言いたいのですが」

「はい?」

「彼女にどうしても会いたいんですが。……もう店舗に来ることはありませんか?」

我ながら無茶を言っていると思った。他のアルバイト店員がいる前で、彼女に自分の仕事のことを打ち明けられなかった俺が、店内の客もアルバイトも気にせず社員とみられる女性に詰め寄っているのだから。

「もう辞めましたから。そういったことを言われましても」

「そこをなんとか」

「存じ上げません」

六十代の女性は険しい顔をして、俺を胡散臭い相手として睨みつけている。聞き出すのは無理そうだ。

どうしよう。こんな日が来るのは想像できたのだ。俺が転勤するより先に、彼女が俺の前から消えてしまうという未来。

俺たちをつなぐのは弁当だけだったのだ。

唐揚げパックを鞄にしまい、俺はとぼとぼと店舗を出た。

むなしさとやるせなさでいっぱいだった。こんなことになるなら伝えておけばよかった。

何を……？

俺の気持ちを……。

俺の感情はやっぱり恋だった。まぎれもない恋だったのだ。

それなのに、臆しているうちに手から滑り落ちてしまった。もう、彼女に会う術はない。

「お客様……！」

呼ぶ声に振り向くと、店舗の裏口から小走りでやってくる店員の姿が見えた。よく顔を合わせるアルバイト店員の女性だ。胸のプレートに『清原』と苗字が見える。

「小枝店長、今なら本社にいると思います！」

「え？　あの」

「今日、この時間に本社で退職手続きの書類を書いて、荷物を引き揚げる予定だって言ってました！　浅草の本社に行けば会えると思います」

アルバイトの子は、俺がレジの女性に食い下がっていたのを確かに見ていた。そして、俺が常連で彼女とよく話していたのも見ていたのだろう。

「あの……教えていただきありがとうございます」

「いえ！　小枝店長、お客様がいらっしゃると嬉しそうにしていたので、きっと最後に会えたら喜びます！」

それは……いや、期待するな。

俺は若いアルバイト店員に頭を下げ、すぐにタクシーを拾った。調べた住所に向かって車を飛ばしてもらう。

十九時過ぎ、浅草のビル兼工場近くに到着した俺は、ここまで来てどうしたらいいか迷った。出待ちをすべきだろうか。しかし、もうビルを出たあとなら周辺を探すべきだろうか。

他の社員を捕まえて彼女の家を聞く……本当にストーカーになってしまうからそれは駄目だ。

しかし、ビルの入口が見えたときに、そこから出てくる女性の姿を見つけた。

彼女だ。もう会う機会をなくしたと思っていた彼女の姿に、胸が苦しくなる。

「小枝さん」

俺は迷うことなく呼びかけた。

ここでこのチャンスを逃したら、俺はもう彼女を失うしかないのだ。

「驚かせて申し訳ありません」

浅草の住宅地、わずかにある緑地のベンチに並んで座り、俺は勢いから出たプロポーズについて謝罪した。

横には小枝さん。彼女は心底驚いた様子で、それでも逃げ出さずに俺の横にいる。

最後のチャンスだと思った俺は、彼女に結婚を申し込んだ。しかし、いきなり好意を見せては怯えさせると思ったのだ。

彼女が失職しているタイミングなら、仕事として結婚を依頼すればいい。三年間の契約結婚。俺は好意があるけれど、それはぐっと隠しておく。

咄嗟とはいえ、我ながらいい案だと思ったのだが……。

「……加賀谷さんは外務省勤務で、契約でも結婚をしなければいけない状況である、ということですね」

「そうなんです。外交官としての赴任を半年後に控え、大使館内や在留邦人コミュニティとの円滑な関係作りのため、結婚していた方がいいと上司からも勧められました」

だいぶ物事を大きく言っているが、問題ないと思う。

ここでどうしても妻が必要な理由を述べ、彼女の心を動かさなければならない。失職した彼女に、メリットのある仕事を提示するのだ。

「交際している女性がおらず、どうしたものかと思案していました。小枝さんが退職されたと聞いて、お仕事としてお誘いできないかと考えました。妻となれば配偶者手当も出ます」

まるで利用したくて訪ねてきたという感じになってしまった。しかし、好意をにじませるよりましだろう。下心を見せた方が嫌われる。

「加賀谷さん……とても素敵なのに……」

ぼそっと彼女が言う。それは社交辞令だろうか、本当にそう思ってくれているのだろうか。

「いえ。つまらない男だと言われます」

飾って大きく見せた方が幻滅される。素直に言うと、彼女は俺を下から覗き込んでくる。

「素敵ですよ。うちのお店の子たち、みんな加賀谷さんを格好いいって言ってました。それに、私と少しお喋りしてくださるときも、優しかったです」

「期待していただけるような男ではありません。それでもきみにお願いしたくてここまで来てしまいました。俺の身近にいる女性で、きみが一番理想に近いというか……」

余計なことを言いそうになり、俺はぐっと口をつぐんだ。

彼女は気恥ずかしそうにうつむいたが、すぐに表情を変え、ふうと嘆息した。それから再び顔をあげ、俺を見た。

「私、不適格だと思います。退職の理由がよくないですし、それで加賀谷さんに迷惑をかけたら困るので」

「退職の理由？」

「横領をした、と。私は絶対そんなことしていませんが、証拠をでっち上げられてしまいました。さらにそれを覆す証拠を、私は出せませんでした」

彼女の沈んだ様子に、やはり訳ありだったのだと納得する。急な退職は、円満退社ではなかったのだ。

しかし、彼女が横領をするような女性なら、ここで素直に俺に話したりはしないだろう。

「きみを陥れた人間が社内にいるんですか」

「おそらくは、従兄だと思います。あの会社は伯父の会社で、従兄は跡継ぎです。従兄には、私が伯父に取り入っているように見えていたのかもしれません。昔から八つ当たりはされていましたけれど、まさかここまでして私を追い出そうと考えていたなんて」

俺は迷うことなく、彼女の手に自分の手を重ねた。好意ではなく信頼のためだ。

「それは嫌な思いをしましたね。きみが頑張っている姿を知っている人間なら、そんな言葉は絶対信じないというのに」

彼女の顔が歪(ゆが)み、悲しげに瞳が伏せられた。

「伯父に……信じてもらえなかったのがショックでした。伯父には実家も私自身も恩があるので、私なりに恩返しを頑張ってきたつもりです。だけど、結局何も見てもらえていなかったんだなあって」

「俺がいます」

俺は間髪容れずに言った。弱っている女性につけ込むようになってはいけないと思いつつ、悲しそうな彼女を放っておけない気持ちが勝った。

「きみの仕事ぶりを知り、きみを信頼したいと思っている人間がここにいます。俺と来てくれませんか？」

彼女はずいぶん困ったような顔をし、言葉に迷っていた。沈黙は五分ほどあっただろうか。その間、俺は気持ちが伝わるようにと強く手を握り続けた。

「あの……本当に私で……いいんでしょうか。男性とお付き合いしたこともないので、うまくお役目が果たせるかもわからないです」

ようやく彼女の唇から言葉が発せられ、それは前向きな返答を予感させた。

男性と交際経験がない。そんな初心な女性だったのかといっそう独占欲が湧いてくる。その気持ちを必死に抑え、俺は彼女の目を見つめた。

「いいです。きみがいい」

彼女は一度きゅっと唇を結び、それから意を決した様子で頷いた。

「わ、わかりました。お引き受けしたいと思います」

ようやく頷いてくれた彼女を前に、俺はガッツポーズをしたい気持ちを抑えた。

「小枝さん」

「はい」

「下のお名前とメッセージアプリのＩＤをうかがってもいいですか？」

ガッツポーズ替わりの言葉は本当に気が利いていなかったと我ながら思う。

3 菊乃の事情

契約結婚。

まさかそんなドラマみたいな出来事が自分の身に降りかかってくるとは思いもよらなかった。横領の汚名を着せられ会社を追われ、住むところもなくなる私の前に現れた憧れの人は、神様みたいな提案をしてくれた。

三年間、仕事として仮の妻をしてほしい。そしてともにイタリアに渡ってほしい。

夢みたいな話。

実際、まだ現実感がないもの。

それにしても仕事のお誘いなのに、私の退職の経緯には親身になって耳を傾けてくれたし、「きみがいい」なんて言葉までくれた加賀谷さん。私は勝手にドキドキしてしまったけれど、きっと優しくて紳士的な人なのだろう。

「お荷物、こちらで全部ですね。ご確認お願いします」

声をかけられ、私はハッとする。引っ越し業者の男性が書面にサインを求めている。

「あ、はい。ありがとうございます」

「それでは新しいお住まいに十四時で。よろしくお願いします」

業者の人たちは小さめの引っ越しトラックに私の荷物を満載して出発していった。

窓からトラックを見送り、四年住んだ社員寮の部屋を眺め渡した。

短大時代二年住んだアパートもおんぼろだったけれど、この社員寮もなかなかおんぼろだった。エアコンは効きが悪く、床はあちこちみしみしいった。だけど、いざ離れるとなると寂しいものだ。

『社員寮を退去しなければならないんでしたね。それなら、俺の部屋に来るのはどうでしょう。結婚するわけですし、同居も不自然ではないのでは』

契約結婚を提案された日、彼――加賀谷さんは言った。

『部屋は余っています。きみのプライバシーを侵すことはありませんし、家事も求めません』

妻として同居するなら、できることはするつもりだ。それを口にすると、彼はことさら硬い表情で言った。

『きみに負担をかけたくはありません。無茶なお願いに付き合ってもらうわけですから。それに、きみにも仕事はあります。語学を学んでください』

詳細はいずれと言われたけれど、確かにイタリアに行くなら現地の言葉は話せた方がいいかもしれない。半年の間にそういった勉強をするのだろうか。

ともかく、今日から始まる同居生活の中でいろいろすり合わせていこう。

彼の住まいは日比谷公園から新橋方向に向かって歩くとすぐのところにあるマンションだった。彼の勤務先の外務省と二重丸弁当日比谷公園前店のどちらも近い。

引っ越しトラックが来るまでの間、公園でパンを食べて時間をつぶした。

今日から加賀谷さんと住むのだ。

考えてみれば、お客さんだった人の家に転がり込むなんてとんでもない話ではある。ほぼ毎日顔を合わせていただけで、名前だって先日まで知らなかった。

そんな人と今日から同居。

騙されているのではという気持ちにはならなかった。彼が名刺と外務省の通行証を見せてくれたのが理由ではなく、彼自身の誠実な様子は雰囲気からも言葉からも伝わってきた。不愛想で朴訥に見えるけれど、ぎこちなく微笑もうとしてくれたり、真剣に話す表情はきりりとしていたり。

ああ、でもこれは私の憧れがそう思わせるのかもしれない。

ずっと憧れて素敵だと思っていた男性に、ビジネスだとしても必要とされたら、嫌だなんて言いたくない。

人生の大きな変化のタイミングに現れた彼を信じてみたい。

十四時少し前にマンションに到着すると、すでに加賀谷さんが来ていた。今日は午後から半休を取るとは聞いていた。

「こんにちは、今日からよろしくお願いします」

オフィスビルのようにスタイリッシュで生活感の薄いエントランスで向かい合い、私は頭を下げる。スーツ姿の加賀谷さんはいつもの見慣れた姿。だけど今日から私の同居人になる。おそらくは近々に夫にも……なる。

「こちらこそ。部屋に案内します」

引っ越し業者はまだ到着していない。ロックをはずし、彼は建物の中に私を案内した。

二十階の一室が彼の部屋だった。間取りは2LDK。一部屋使っていなかったそうなので、そこが私の私室になるそうだ。都心ど真ん中のマンションは広々としたリビングと、充分な広さの個室があり、古い社員寮に住んでいた私からしたら贅沢な住まいに来てしまったように感じられた。

「狭くてすみません」

「いえ、私が住んでいた社員寮の何倍もありますよ」

笑顔で答えたあとに、この間取りは誰かと住んでいたのかなと想像してしまった。

やはり過去には女性と同棲していたのではなかろうか。

私より年上なのだし、あり得ることだと思う。

「田舎の母が観劇が趣味で。しょっちゅう上京するのでこの間取りなんですよ」

私の想像を軽く壊して加賀谷さんが言う。ああなんだ、とホッとした。

「ご実家はどちらなんですか？」

「長野です。小枝さんは？」

「私は鳥取県です。空港からも新幹線からも遠くて、なかなか帰省しづらい場所なんです」

「近いうちに挨拶に行かなければなりませんね」

そう言われ、私はこの人と形ばかりだけれど結婚するのだと実感する。両家の親には契約結婚などとは言う予定はない。いや、まず二重丸弁当を辞めたことも、私はまだ両親に話していないのだ。

「結婚する前に会いに行かなきゃですね」

「ええ。俺の方で予定を立てます」

そうこうしているうちに引っ越し業者がやってきた。荷物を運びこんでもらい、荷ほどきがスタート。その間、加賀谷さんは職場からの呼び出しがあり、手伝えないことを詫びて仕事に戻っていった。

加賀谷さんが帰宅し、夕食は部屋で宅配を頼んだ。食事を囲んであらためて挨拶をする。

「加賀谷博巳です」

「小枝菊乃です」

「今年、三十五になります」

「私は五月で二十五歳です」

こんな基礎情報から公開し合う私たち。年齢は十歳違い。彼からしたら子どもに見えないだろうか。

「菊乃、と名前で呼んでもかまいませんか？　夫婦になるのですし。俺のことも名前で呼んでもらえたら」

「ひ、博巳さん……」

「できたら敬語も徐々になくしていく方向で」

「え、ええ！　そうですね！」

向かい合って自己紹介も照れるけれど、名前を呼び合うのはもっと照れる。敬語をやめていくのには同意だ。でも、年上で元お客さん相手ではなかなか難しそう。私はゆっくりペースでお願いしたい。

「確認します。私は三年間の任期中、博巳さんの妻として一緒にイタリアで暮らせばいいんですね」

「ああ。現地の住まいは用意してくれるから、このマンションで暮らすのとあまり変わらない生活ができると思う。同じように日本から来ている職員の家族会などに参加してもらうこともある。パーティーやイベントでは、俺の妻として参加する可能性もあると思っていてほしい」

契約期間は今が三月なので三年間プラス五ヶ月といったところだろうか。私は不安に感じていることを口にする。

「あの、パーティーや公的な場でのマナーや振舞いが心配です。私、ナイフやフォークがたくさん出てくる料理の経験がなくて」

博巳さんは少し考え、「マナー講習が受けられるように手配するよ」と答えた。

それから博巳さんは、配達してもらった有名洋食店のディナーセットのテイクアウトパックを開けた。近くにある美味しいと評判の店だ。このままあれこれ話しているうちに夕食は冷めてしまうだろう。私も同じくパックを開ける。

「あとは先日も話したけれど、きみには語学を学んでもらうことになる。英語と、現地のイタリア語を。大使館内では日本語が通じるけど、現地職員とは英語を使う機会も多い」

「わかりました。英語は短大時代に少し学びました」

「それは頼もしいな」

博巳さんに「頼もしい」と言われ、大きなことを言ってしまったかと少々慌てた。実際に海外に行ったこともないし、海外で使ったこともない英語だ。通用しなかったら恥ずかしい。

「あの、イタリア語も英語もみっちり仕込んでくださると助かります。自信はないので。卒業して四年も経っていますし」

「語学に興味を持ってもらえるのは助かる。極論、まったく喋らないでも生活はできるんだ。でもきみだって、ひとりで買い物くらいは出たいだろう」

言葉を話せるようになるのは、私のためという点が大きいようだ。スプーンを置いて、私は胸をとんと叩き、意欲を見せる。

「ずっと外国の文化や言語に興味があって。海外旅行をしたことはないんですけど。

だから、今回のイタリア行きは願ったり叶ったりです」

「ありがたいよ。俺からしたら無茶なお願いをしたと思っているから」

「そんなことありません！」

思わず声が大きくなり、慌てて咳払いをした。

「職も住まいも無くした私の前に現れた博巳さんは神様です。私にはプラスにしかならない提案をしてくれました」

「しかし、二十代後半の貴重な時間を浪費させてしまう。戻ってきたらきみは二十八歳だ」

「浪費になんてなりません。二十八歳なんてまだまだなんでもできますし、何より憧れの海外生活ですから」

それに、と私は言葉を切り、思い切って言った。

「博巳さんは私たち店員にとっても格好いい素敵な人だったんですよ。いかにもお仕事ができそうなクールな佇まいで、誰に対しても紳士的で。そんな方の相棒に選ばれたなんて光栄です」

博巳さんは言葉に詰まり、それからひっそりと「そうか」とつぶやいた。

主語はぼやかしたけれど、格好いいとか素敵とか、言いすぎてしまっただろうか。

仕事として結婚するのだから、重い女だとは思われたくない。

「人生の大ピンチを救ってくれた御恩、しっかり返しますからね」

「ありがとう。そんなに気負わなくていいよ」

それから彼は言葉を選んでいるように少し黙った。

「俺は……感情表現がうまくない。きみが不安に感じることも、嫌な思いをさせてしまうこともあるだろう。そういったときは遠慮せずに言ってほしい」

「そうですか？」

私が見る限り、店舗で会う彼は控えめだけれど優しさと誠実さを見せてくれていた。だから、私も惹かれたのだけれど。

「あまり表情がないとも言われる」

「日替わり弁当が好きなメニューだと少し嬉しそうでしたよ」

私の言葉に、博巳さんがぶっとふきだした。水を飲んだタイミングだったのもよくなかったようだ。

「よく見てるな、きみは」

「お客様ですから。これからは旦那様としてよく観察します」

ほら、今も照れたような、困ったような顔。この人のこういった顔は、店員とお客さんのままじゃ見ることはできなかったのだろうなと思った。

「あの、一応。これは本当に一応なんだが」

「なんですか?」

食事のパックをシンクで洗い分別していると、お茶の用意をしている博巳さんが再び口を開いた。

「この結婚はきみにとって仕事だ。それにつけ込んで、妙なことをするつもりはないから。……安心してほしい」

「妙なこと……」

繰り返して呟いて、ぶわっと顔が熱くなった。つまり男女の関係とか……そんな意味だ。

「わ、だ、大丈夫です! 博巳さんを信用していますし! そもそも私みたいな子どもじゃ、えっとそんな気にはきっと……」

博巳さんはこちらを見ない。髪を掻く仕草をし、それからぼそっと答える声。

「きみは充分素敵な女性だ。だからこそ、きみが不安に思ったり、嫌な気分になったりするような行動はしないよう気をつける」

素敵な女性って、それは本当に私のこと? おそらく気遣いで言ってくれているのだろうけれど、嬉しくて頭がふわふわしてしまう。

「あ、ありがとうございます！　私も変なこと、しませんから！」

信頼してほしいという意味の言葉は、なんだか妙な返しになってしまった。

こうして私たちの不思議な新婚生活が始まったのだった。

同居がスタートして一週間はあっという間に過ぎた。

この一週間、私が何をしていたかというと、家事に精を出していた。博巳さんの食事を作り、お弁当も持たせ見送る。日中は掃除洗濯。クリーニングを取りに行ったり、買い物をしたり。専業主婦の仕事をしている。

博巳さんが頼んだわけではなく、私がやりたいと志願したのだ。自室を与えられ、快適な生活を保障されてしまった。何もしないではいられない。

ふたり暮らしの家事はそこまで手間ではなかった。小さな子どもがいるわけでもないし、博巳さんの部屋は物が少ないくらいで私が来た時点でかなり片付いていた。

そういった理由で正直に言えば、ちょっと手持ち無沙汰だ。今まで長い時間を二重丸弁当で過ごしてきたせいか、「まだできる」と思ってしまう。

しかし、博巳さんはのんびりしていていいと言う。

「きみは婚約者という立場で職場に報告した。語学研修プログラムは職員のみで、きみには語学講習の紹介が来るので、もう少し待ってほしい」

入籍は双方の両親に挨拶をしてからの予定だけれど、婚約者でも勉強場所は斡旋してもらえるらしい。入学は来月あたりになるだろうとのことだ。

短大を卒業してから、こんなに自由な時間ができた経験があまりない。せっかくだからと短大時代のテキストやノートを引っ張り出し見直して過ごした。

「私、やっぱりこういう勉強が好きだなあ」

英語は幼い頃、海外の絵本を買ってもらったときから興味があった。幼いながら辞書を引っ張り出して、意味や内容を解読していくのは冒険みたいに楽しかった。

語学の勉強ができる学校を選んで進学したのもそういった興味関心からだ。英語にかかわる仕事にはつけなかったけれど、人生何があるかわからない。学校で学んだことが無駄にならないかもしれないと思うと、お金を出してくれた両親に報いているような気がする。

……一方で、伯父の会社を辞めたことはまだ言えないでいる。早く言わなければと思いつつ、両親が私の話を信じてくれるか不安に感じた。

温厚でおとなしく、実兄の伯父を慕っている父は、私の話を信じてくれるだろうか。

もし、信じてくれても伯父夫妻との関係に亀裂が入るのは決定的になる。

「菊乃、今日の夕飯、提案があるんだけれど」

その日、朝食のときに博巳さんが言った。私が用意したトーストにスクランブルエッグ、カフェオレというメニューを口に運びながらだ。

「今日の夕飯は二重丸弁当に買いに行かないか？　ふたりで」

「ふたりでうちの……いえ、私の元職場の弁当を？　いいですけど、どうしてですか？」

私の職場だった二重丸弁当日比谷公園前店は、このマンションからもかなり近い。買い物などのときは意識して近づかないようにはしていたのだけれど。

「やはりいい気分はしないか。本意ではなく辞めた職場だものな」

「いいえ。店は……店のアルバイトの子たちや、工場のパート社員たちには思い入れがありますから。問題ないですよ」

考えてみたら、博巳さんはずっと二重丸弁当の常連だった。週に何度も食べてくれていた。それが今は私が三食作るから買いにいく理由がなくなってしまったのだ。

「うちのお弁当、自慢になっちゃいますけど、美味しいですもん。博巳さんが食べたいって思ってくれたら嬉しいです」

「いや、それもそうなんだけど、その……清原さんというアルバイトスタッフは今日いると思うかい？」

清原さんの名前が出て驚いた。彼女の可愛い顔がぱっと浮かぶ。

「え、あの、清原さんに会いたいですか？」

思わず反射で聞いてしまった。すると、博巳さんが慌てたように言った。

「誤解しないでほしい。変な意味じゃないんだ。ええと、きみに会って結婚を申し込んだあの日、彼女にお世話になってるんだよ」

どういう意味だろう。首をかしげる私に博巳さんは説明する。

「きみが辞めたと聞いてどうにか会えないかと年配の女性店員に聞いたんだが、教えてもらえなくて。当たり前だよな。それでもあきらめきれなくてどうしようかと思ったときに、彼女がこっそり店から出てきて教えてくれたんだ。今なら菊乃が本社にいるって」

そういうことだったのか。私が辞めた直後なら、おそらく伯母がシフトの穴埋めをしていただろう。清原さんは、私と博巳さんが仲良く話していたのを知っていたから協力したのだ。

「すまなかった。ストーカーじみたことをして」

「清原さんだって博巳さんの顔を知っていたから教えたんですよ〜。個人情報を教えたわけでもないですし、私は博巳さんと会えなかったら路頭に迷っていたので助かりました」

「彼女にお礼を伝えていなかったと思って」

考えてみたら、私も辞めて以来清原さんに連絡していない。同期と思えるくらい近しい仲だった同僚だ。しかも、博巳さんとの再会では一役かってくれている。

「私も御礼を言いたいです。今日は水曜なので、彼女はいると思います。社員もいるかと思いますが、お客として行けば嫌な顔はされませんし」

それに博巳さんが遭遇した伯母は、あくまでピンチヒッターだっただろうから、今日はいないはずだ。

「そうか。それじゃあ、職場を出るときに連絡する。店の近くで落ち合おう」

「ええ、わかりました」

博巳さんを見送り、家事を始め、そこでようやく気づいた。

私、清原さんに博巳さんとのことをなんて説明したらいいんだろう。表向きには結婚するわけで……。婚約者？

第三者に私と博巳さんの関係を説明するのは、今日が初めてになるのだ。

博巳さんと並んで「結婚します」って言うの？　突然お客さんと結婚するなんて言ったら驚くに違いない。考えるだけで、かーっと頬に熱があがるのを感じる。

「変な顔しちゃいそう」

とりあえず清原さんが今日シフトに入っているのを確認するために、私はメッセージアプリを開くのだった。


その晩、予定通り博巳さんと待ち合わせた私は並んで元職場にやってきた。

清原さんには夜に客として行くとだけ伝えてある。

「あのぉ、博巳さん」

私は並んで歩きながら博巳さんを見上げる。

「結婚の話、清原さんにした方がいいですよね」

博巳さんは少し黙って、頷いた。

「俺としては、きみを妻にするのは本当のことだから……」

そこで言い淀む彼は、どう考えているのだろう。契約結婚とはいえ、結婚自体は公的な関係だ。清原さんに会いに行っておいて言わないのは変である。

「菊乃が親しい同僚に言いたくないのなら、俺ひとりで行ってくるから、公園で待っていてほしい」

「いえ、言いたくないなんて思ってませんよ。でも」

「でも？」

「私と博巳さん、釣り合っているように見えないじゃないですか」

博巳さんには意味が伝わっていないようだけれど、私はすごく感じる。博巳さんは本当に格好よくて素敵な人だ。それが十歳も若くてちんちくりんで地味な私が隣にいて「結婚します」なんて、どう考えてもおかしいでしょう。しかも、元職場の同僚は、私たちの関係性が店員と客だったことも知っているのだ。

「確かに俺は……菊乃の夫としてはかなり年が上だからな。おじさんが若い女性をたぶらかしたように見えるかもしれない」

博巳さんが思案げな顔で言う。全然違う勘違いをしているようだ。

「違いますよ。地味でブスな店長がイケメンのお客さんを捕まえたなんて、バイトの子たちが驚いちゃうって話です」

「菊乃が地味でブスなわけがないだろう」

博巳さんの口調は少し強かった。すぐにその語気を恥じるように、低い声でつけ足す。

「菊乃は可愛い。俺にはもったいないくらいだ」

「わー！　無理して褒めなくていいです！」

なんだか変な空気になってしまって、私は慌てた。この前も卑屈な言動をしてしまい、無理して褒めさせてしまったのだ。言動には気をつけないと。

「ほら、お店目の前！　行きましょ」

少し先を歩き、店の自動ドアの前に立った。

「いらっしゃいませー」

店内はふたり組の客がいて、すでにレジに並んでいる。三席だけあるイートインスペースは無人だ。夕方は昼ほど混まないのだ。

「あ、小枝店長！」

客のレジが終わると入ったばかりの大学生アルバイトの子が声をあげ、奥から清原さんともうひとりが顔を出した。

「小枝店長！　いらっしゃいませー！」

「わ～、挨拶できなかったから会えて嬉しい」

勤務しているアルバイト三人が集まってきた。社員はいないようだ。おそらくレジ締めのときだけ来るのだろう。

「こんばんは。急に辞めちゃってごめんね」

「寂しかったですよ〜」

「いろいろあったって噂で聞いてます。あ、みんな、小枝店長は悪くないって言ってますからね」

口々に言われ、嬉しいような寂しいような気持ちがないまぜになる。ああ、私、ここを辞めたんだなあと今更ながら実感がわいた。

「小枝店長、お客様と一緒に来られたんですか?」

清原さんがいぶかしげに尋ね、私はどきりとした。

「ええと、こちら加賀谷博巳さん」

私がお客さんの名前を言って紹介しただけで、その場の三人の様子が変わった。ざわっとした空気は女子特有の色めきだったものだ。その空気の流れのままに私は口にした。

「彼と結婚することになりました」

他に客がいないことも手伝って三人がきゃあっと歓声をあげた。

すると控えめに私たちを見ていた博巳さんがずいっと前に出る。

「皆さんには客として認識されているかと思います。外務省職員の加賀谷といいます。菊乃さんと結婚することになりました」

滑らかな弁舌は私に結婚を申し込んだときのよう。おそらく彼本人は自分でも言う通り、朴訥で、口数が多いタイプではない。しかし官僚としての彼は、こういった弁舌鮮やかなタイプなのだろう。

「清原さん、先日は本当にありがとうございました。清原さんに教えていただけたおかげで菊乃に会え、気持ちを伝えることができました」

清原さんが目を白黒させている。情報過多！と顔に書いてある。

「あ、じゃあ、あのとき小枝店長に会いに行って、結婚まで決まっちゃったんですかぁ？」

「そ……ういうことになるかな」

私がもごもごと小さな声で答える横で、博巳さんが口を開いた。

「私がプロポーズしたんです。ずっと好意を抱いていたんですけれど、こんな形で会えなくなるのはたまらないと思って。菊乃は受け入れてくれました」

すらすら出てくる言葉は彼の中で用意されていたものだろう。博巳さんが片想いしていた設定なのだ。

「え～‼　そうだったんですかあ！」

「でもいつも小枝店長と楽しそうにやりとりしてましたもんね」

「小枝店長も嬉しそうでした！」

アルバイトふたりまでそんなことを言い、私はすでに真っ赤だろう顔を伏せて何も言えなくなってしまった。一方、博巳さんはまったく動じる様子もない。私ばかりが意識しているみたいでなんだか気まずい。

博巳さんは私に寄り添い、静かな口調で言う。

「今日はご挨拶をしたくて菊乃とふたりで来ました。その節は本当にありがとうございました」

「清原さん、ありがとうね。おかげで、す、好きな人と、結婚が決まったから」

精一杯言葉にしたけれど、好きな人という単語に盛大に詰まってしまった。

三人は私が照れているのだと思っただろう。

他の客も来店してきたので、私たちはお弁当を買い、アルバイト三人に手を振って店舗をあとにした。

「いいスタッフに恵まれていたね、菊乃は」

並んで歩きながら博巳さんが言う。

「へへ、そうなんです。今日は会えなかったメンバーも、みんないい子ばかりで、私は本当に恵まれていました」

「咄嗟に話を合わせてくれてありがとう」

契約結婚とは言えないので、博巳さんが私を好きだったという設定にした件だ。私は苦笑いで答えた。

「ごまかしが下手でごめんなさい。ちゃんと恋人らしくできていたか不安です」

「充分だったよ。何しろ、俺たちは交際二週間程度の間柄という設定なんだから」

確かにそうだ。博巳さんにプロポーズされてからまだそれほど経っていないのだから。

「まあ、お互いの両親に会うときはもう少し親しげに見せた方がいいかもしれない」

「ですね。さすがに結婚しますってふたりがよそよそしかったら変ですよね」

私が笑って答え終わる前に、博巳さんの左手が私の右手を取った。そのままぎゅっと握られる。

「手をつなぐ、くらいはしてみようか。嫌かな？」

遠慮がちな言葉に私は狼狽しながらもコクコクと頷いた。

「嫌じゃないです。旦那様ですもの。あは、あはは」

ものすごく恥ずかしい気持ちになると同時に、うかがうような博巳さんの顔が格好よくて私の心臓はずっと大きな音で鳴り響き続けていた。

四月、博巳さんと同居を始めて二週間と少しが経過した。

私たちは相変わらずいいルームメイトとして暮らしている。夫婦になるのだからお互いをもう少し知っておいた方がいいというのは、博巳さんの言葉で、食事のときはふたりでいろんな話をする。彼が休みの土日は、散歩をしたり、買い物をしたりして過ごす。

憧れの人との暮らしに気負っていた私も、平穏な毎日に安らぎを覚えていた。きっと博巳さんが私に気を遣わせないように、考えてくれているからだ。

不愛想だなどと自分で言う彼だけれど、一緒に暮らせば暮らすほど、いろんな表情が見えてくる。

朝は苦手で、起きてきたときの顔はいつもくしゃくしゃ。朝食はたくさん食べられないので、昼食はボリューム多めになってしまうそうだ。彼に持たせるお弁当箱は同居スタート時に買ったものだけれど、大きめにして正解だと思う。

夕食後は仕事をしていることが多い。そんなに仕事ばかりで大丈夫かと心配もしたけれど、本人曰く、仕事ではなく資料集めや準備だという。本人は苦も無くやっているので見守っている。きっと長年こういったペースでやってきたのだ。いきなり入ってきた私があれこれ言わないほうがいい。

お風呂が遅くなってしまうときだけ声をかけるようにしている。お風呂あがりの髪を下ろした博巳さんはちょっと可愛いのだ。

博巳さんのいろいろな顔を見るたび、私の中で優しい気持ちがふくらんでいく。でもこれは恋じゃない。恋であってはいけない。だって、契約は三年間なのだから。おそらく三年の任期を終え、帰国したら私たちは円満に離婚届に判を押す。お互いの人生に戻るために。

「さて、そろそろ結婚にむけて親に会いに行く日取りを決めようか」

その日の夕食後、珍しく仕事ではなく雑誌を広げている博巳さんが言った。

「ゴールデンウィークは混むだろうから、その前後で計画したい。菊乃の家まではどう行くのが一番いいかな」

「博巳さん、その前になんですが」

私は言い淀んでから、告白する。

「まだ、両親に伯父の会社を辞めたことを言えていないんです。すみません」

「なるほど」

博巳さんは言葉を切って、じっと私を見つめる。

「菊乃の気持ちはわかる。事情が事情だけに、いいづらいよな」

すぐに受け入れてくれる博巳さんは大人だ。だけど、私自身は甘えていてはいけないのだとも思う。

「うちの実家、伯父には本当にお世話になっているんです。伯父はひとりで上京して、婿入りした家で、新たな事業を展開して会社を大きくした人です。亡くなった祖父母の介護費用や、私の実家の新築費用もかなり助けてもらったようで。私がこんなことになったと知ったら、父がどんな反応をするかわからなくて」

「お父さんにとっては兄に当たるのか。それでも、菊乃の言い分を信じてくれるんじゃないか?」

「だといいんですが、それでも伯父との関係は悪くなってしまうと思うんです」

そのとき、ダイニングテーブルに置いた私のスマホが振動し始めた。着信のようだ。

液晶画面を見ると母の名前が表示されている。ぎくりとした。なんてタイミングだろう。しかし無視もできない。

「もしもし」

おそるおそる出ると、聞こえてきた母の声はすでに切羽詰まっていた。

『菊乃？　伯父さんのところを辞めたってどういうことなの？』

母は事の次第を知っているようだ。考えてみれば、両親が伯父に連絡を取ることは考えられる。そのときに私の話が出れば、伯父も事情を話すだろう。私が話していないとなれば余計に。

『会社のお金を使い込んだってどういうことなの？　菊乃はそんなことをする子じゃないってお母さん思ってるけど、どうしてあなたからは何も言ってくれないの？』

「お母さん……」

私が事情を説明するのを渋っていたばっかりに、母はショックを受けている。伯父の口からいきなり聞かされた横領の容疑、娘からの連絡はなし。それでは両親だって信用できないだろう。完全に裏目だ。

「どういうことか説明したいの。私は絶対に使い込みなんてしていないけど、でも」

『それじゃあ、どうして一方的に解雇されなければならないの？　伯父さんは詳しくは菊乃が話すことだからと言っていたけれど、話してくれないというのは後ろ暗いところがあるからじゃない？　お父さんもお母さんも、わけがわからないわ』

母はパニックになっているようだ。私が言葉を尽くして理解してくれるだろうか。

伯父と伯母だって、私が犯人だと思い込んだら思考を放棄してしまった。

すべては私が説明を遅らせていたせいだけれど、今からどうやって挽回したらいいのか……。

「菊乃、俺も話すから、ビデオ通話に切り替えられるか？」

後ろから博巳さんの声が聞こえた。

「ご両親がそちらにそろっているなら、顔を見て話した方がいいだろう」

博巳さんは挨拶に行くより先に、両親と会ってくれるつもりなのだ。私の危機を見かねたのかもしれない。

私は頷き、母に言った。

「お母さん、事情を話すからビデオ通話にしてもいい？　お父さんもそこにいるんでしょう？」

ソファに博巳さんと並んで腰掛け、スタンドを使ってスマホを固定した。画面の中には険しい表情の両親の姿。さらに私の隣の男性を見て、驚いてもいるようだ。

「こんな形で紹介することになってごめんなさい。こちら、お付き合いしている加賀谷博巳さん」

「加賀谷です。菊乃さんとは結婚を前提に交際させていただいています」

博巳さんがなめらかな口調で言い、頭を下げた。

父が戸惑いを隠さない様子で私たちを見比べ、それから言った。

『こんなときにそんな挨拶はいい。どういうことだ、菊乃。おまえは伯父さんの会社の金を使い込んだのか？』

「お父さん、私はそんなことしてません。説明が遅れたのはごめんなさい。でも、私、絶対に使い込みなんかしていないから」

『じゃあ、どうして菊乃は二重丸弁当をクビになったの？』

正さんのことを話せばいいだろうか。陥れられたと言ったら、両親は信じるだろうか。信じたとしても、伯父の家と確執が生まれるのは間違いない。

言い淀んだ私に代わって、博巳さんが口を開いた。

「菊乃さんは真面目に勤務をしていました。私は外務省の職員ですが、私との結婚の話も出ていて、金銭的にも困窮していません。そんな菊乃さんが、横領などすると思いますか？」

両親がぐっと詰まった。博巳さんが外務省の職員と名乗ったことに驚いたのだろう。

『悪いですが、あなたが何者であるか、菊乃が金に困っていたかを言葉だけで信じるわけにはいきません。こちらは信頼する親戚から報告されているんです』

父の言葉はもっともだ。博巳さんが低い声で言った。

「私の言葉が信頼に足らないのは仕方ありません。でも、娘さんの言葉は信頼してほしいです。親戚の言葉よりも、娘さんの言葉を聞いてください」

「お父さん、お母さん、全部話すから」

双方の家を気遣う前に、両親に私の無実を訴えるべきだったのだ。私が悪いことをしたと思う方が、両親にはつらいのだ。それがわからなかった私は馬鹿だ。

私は事の顛末をすべて話した。社内で正さんとうまくいっていなかったこと、身に覚えのない使い込みの証拠をでっち上げられたこと、警察の介入を提案したが正さんに止められたこと、自分ひとりでは自分の無実を立証できなかったこと……。話しながら、無力感と悔しさでいっぱいになった。

「いつまでもお父さんとお母さんに話せなくてごめんなさい。伯父さんの家と揉めたら困ると思って言えなかった」

『菊乃』

困惑と驚愕の表情で話を聞いていた両親が私の名を呼んだ。

『わかった。おまえを信じる。伯父さんには私から連絡をするし、近いうちに飛行機のチケットを取って東京に行く。皆で話そう』

父の言葉に涙が出そうになった。やはりもっと早くこうすればよかったのだ。

「お父さん、お母さん、迷惑をかけてごめんなさい」

『迷惑じゃないわよ』

『おまえがひとりで追い詰められていたのに、私たちに言えなかったのはこちらの責任だ。伯父さんの家にはずっと世話になっていたからな。気を遣ってしまったんだな。すまなかった』

父が肩を落として言って、それから博巳さんの方を向き直った。

『先ほどは失礼しました。加賀谷さんとおっしゃいましたね。娘がつらいときにありがとうございました。そちらに夫婦で参りますので、ご挨拶させてください』

「こちらこそ、ご挨拶をさせてください。菊乃さんとの結婚の話を進めたいと考えております」

両親はようやく『結婚』の文言が耳に届いたようだ。ふたりそろって目を丸くしたあとに、頭を下げた。

『ありがとうございます』

両親との通話が終わった。私はふうと息をつき、ソファの背もたれに身体をあずけた。

「博巳さん、ありがとうございます。博巳さんのおかげで両親と話せました」

「俺は何もしていない。菊乃が自分で説明できただろ」

私は首を振る。

「私、間違ってました。両親は伯父の家と揉めることより、私が悪いことをする方がつらいんですよね。もっと早く話すべきでした」

「俺は顔合わせの機会がもらえてよかったよ」

博巳さんは本当に優しい。トラブルに巻き込まれている形なのに、一緒に解決しようと動いてくれる。するとまたスマホが振動し始めた。

画面を見て驚いた。

伯父の名前があったからだ。

「菊乃？」

「伯父から電話です」

「ご両親がもう連絡をしたのかもしれない。出た方がいい」

それにしては早いような気もすると思いつつ、私はスマホを手に取った。

「もしもし、菊乃です」

『菊乃、おまえは今どこにいる』

「え……あの、友人の家に」

『これから近くに行く。会って話せるか？』

伯父の口調は焦っているようにも聞こえる。

「伯父さん、なんの御用ですか。私がそちらに行きましょうか」

もしかして今更だけど、例の件を警察沙汰にするなどと言うのだろうか。それなら
私は受けて立つけれど、伯父の様子はなんとなく違う。

『いや、俺と伯母さんで行くから』

伯父の大きな声がスピーカーにしなくても聞こえていたのだろう。博巳さんが横で
ささやいた。

「このマンションの住所を教えていい。ここに来てもらおう」

自分も同席するという意味だ。私は頷き、伯父に友人の家に来てほしい旨を伝えた。

伯父夫妻は一時間とかからないうちに博巳さんのマンションにやってきた。伯父は
スーツのスラックスに、ジャケット替わりに作業着を羽織り、伯母はニットにスラッ
クス。ふたりとも職場にいるときのスタイルなので、家ではなく二重丸弁当から直接

来たのかもしれない。

中に通そうとしたけれど、玄関先でいいと言う。

私は両親にしたようにまずは博巳さんを紹介した。交際していて結婚予定であるというのは博巳さんの口から伝えた。伯母は一度会っているが、一瞬だったため覚えていないようだった。

伯父夫妻は驚いた顔をしたが、それよりも話したいことがある様子だ。

「菊乃、すまなかった」

そう言って伯父が頭を下げ、伯母も続いた。

「誤解だったんだよ。あんたが何もしていないのは本当だったんだね」

伯母の言葉に私は眉をひそめた。

「どういうことですか？」

「パソコンの管理をしてる総務の田澤が口を割った。正に頼まれておまえのパスワードを教えたってな」

伯父が忌々（いまいま）しげに言った。その怒りはここにはいない正さんに向けられているのがはっきりわかる。

「菊乃が辞めてから、噂を聞いた社員やパートに言われた。菊乃は会社に不利益になるようなことはしない、と。逆に正の素行について、年配の社員たちからは苦言を呈された。正を甘やかして育てちまった気はしていたが、俺たちの前じゃいい息子だった。そのうち、自覚が湧いてくれれば真っ当になると信じてたんだが……」

「銀座で羽振りよく遊んでいるなんて信じたくなかったけど、確かにあの子が出突っ張りで家に寄りつかないのは母親の私が一番よく知ってるからね」

伯母は泣きそうな顔をしている。

「給料以上の金で遊んでいる様子だから、田澤に言って、正の会社のパソコンを調べさせようとしたんだよ。そしたら田澤のやつ、正に逆らえなくて金儲けの手伝いをし、菊乃に罪をなすりつける方法を考えたなんてぬかしやがる」

伯父の声音は怒りに満ち、唸るようだった。

「正は俺にバレたと知るや雲隠れだ。あいつはもう勘当だ。うちも継がせん」

「菊乃、本当にごめんね。あんたは本当のことを言っていたのに、信じてやれなくて」

「すまなかった。菊乃」

伯父と伯母が再び頭を下げた。私は慌てて、伯母の肩に触れた。

「いえ、わかってもらえたならいいんです。私は伯父さんも伯母さんも二重丸弁当も大事に思っていたから、泥棒をしたと思われ続けるのはつらかった。でも、誤解が解けたらもういいんです」

「菊乃、帰ってきちゃくれねえか」

伯父が顔をあげ、私に言った。下がった眉からも落ちくぼんだ瞳からも、伯父が本気でしょげているのが伝わってくる。

「おまえは社員にも好かれてる。賢くて勤勉だ。正は絶対に戻ってこさせないから、ゆくゆくは二重丸弁当を継いでほしいとも思ってる。戻ってくる気はないか？」

「むしがいい話だとは思ってるよ。でも、あんたには本当に申し訳ないことをしたから、私たちもできることをしたいんだよ。あんたが二重丸弁当の社長になってくれたら……」

伯父と伯母の言葉に、一瞬迷ったのは事実だった。

恩があって入った伯父の会社だ。自分が心底やりたかった仕事ではない。それでも四年間精一杯頑張ってきた。後継者になることは現時点では考えられないけれど、戻れば信頼し合える仲間と再び一緒に仕事ができる。

それは私にとって充分魅力的な誘いだった。

「伯父さん、伯母さん」

だけど、私はもう先に進んでしまったのだ。

「ごめんなさい。二重丸弁当には戻りません。私、博巳さんと結婚して、イタリアに行くんです」

三年きりの契約だけれど、きっと私には多くをもたらしてくれる経験になる。日本の外に憧れがあった。言葉の壁を越えて、世界を見ることができる。

「短大時代からお世話になりました。二重丸弁当では四年間、大事な仕事を任せてくれてありがとうございます。今度は、博巳さんの力を借りてですが、外の世界を見てこようと思います」

私の横でそれまで見守っていた博巳さんが口を開いた。

「菊乃さんとは、二重丸弁当の店舗で出会いました。彼女の接客している姿に私が恋をし、交際に発展しました。二重丸弁当さんのおかげで出会えたと思っています。これからは、私が菊乃さんの支えになり守っていきたいと思います」

伯父が私たちを見つめ、はーと長く息をついた。それはどこか寂しげな様子だった。

それから伯父は口を開いた。

「菊乃をひどい目に遭わせ、今更のこのこ謝りに来た伯父の言葉ではないですが、……菊乃をよろしくお願いします。幸せにしてやってください」

伯父と伯母が深々と頭を下げる姿に、私と博巳さんも頭を下げた。

ここが区切りだ。私は博巳さんと進む。振り返る理由はなくなった。

「騒がしい夜になってしまってすみません」

伯父たちが帰宅すると、もう遅い時間になっていた。両親とのビデオ通話もあわせて、私の家の事情に何時間も付き合わせてしまったことになる。

「いや、きみと結婚する以上、親戚付き合いは当然だ。今後もトラブルが起こったら、俺が力になる」

「ありがとうございます、博巳さん。もう、何も起こらないといいんですけれどね」

「その通りだな。だけど、きみを陥れた従兄に関しては、まだ警戒しておいた方がいいかもしれない」

私が出したお茶の湯飲みを手に、博巳さんは何か考えている様子だった。

博巳さんは本当に優しい。契約相手だからと何事にも丁寧に対処してくれている。それに対外的な顔は、私とはかけ離れた大人の男性といった雰囲気。

やっぱり私じゃ不釣り合いだなあと思いつつ、彼に選んでもらえたからにはふさわしい人間になりたいとも思う。

「さあ、そろそろ休もうか。菊乃、先に風呂を使ってくれ」

「いいえ！　博巳さんが先です！　明日もお仕事なんですから」

「弁当を作ってくれるきみの方が早起きじゃないか」

そう言って、博巳さんは私を先に浴室に追いやるのだった。

4　博巳の思惑

連休を避けたため高速道路は空いていた。よく晴れた五月の土曜日、俺の運転で長野の実家まで行ってきたところだ。

「お土産いっぱいもらっちゃいましたね」

助手席の菊乃は楽しそうだ。日帰り旅行の行先が俺の実家では、気づまりではないかとも思ったが、いつも通り明るい。

なお、菊乃の両親は四月に上京してきたタイミングで挨拶をしている。スマホのビデオ通話で会っていたことと、菊乃と伯父一家のトラブルが前段階であったため、菊乃の両親は俺をすぐに信頼してくれたようだ。

「すごく大きくて立派なお家で驚きました。ご挨拶をするとき、緊張しましたよ」

「両親は菊乃を気に入ったみたいだ。きみが人当たりよく振舞ってくれたおかげだよ」

「それなら、よかったです。子どももすぎて博巳さんには釣り合わないって思われたらどうしようって心配していたので」

菊乃は苦笑いしている。両親は俺が結婚すると言った時点で大喜びだった。実家はあの地域ではそれなりに大きく、由緒正しい家柄ではあるが、両親は俺に家や土地を継いでほしいと願ったことはない。田畑は農協に委託しているし、両親は悠々自適に暮らせればそれでいいそうだ。

ひとり息子の結婚もとうに諦めていたらしい。仕事を一生懸命してくれるならそれでいいと思っていたら、可愛い女性を連れてきたのだから、親戚近所に触れ回り地域はちょっとしたお祭り騒ぎだった。

「俺が選んだ人を両親が気に入らないわけがない。何より、菊乃は人に好かれるたちだろう。俺は心配していなかった」

「そんなことないですよ〜。博巳さんのご両親、優しくて私もほっとしました。……でも、契約が終わって離婚したらがっかりされちゃうのかな」

菊乃がうつむいたのが目の端に映る。それなら離婚しなければいい、と言いかけてやめた。

せっかく契約という形でも一緒にいられるチャンスを得たのだ。焦ってがっつくべきじゃない。

約ふた月前、俺は菊乃の窮地を救うことで夫の座を手に入れた。濡れ衣を着せられ、退職に追い込まれた菊乃に、新たな仕事としてイタリア行きのパートナーを提示した。

契約婚と言ったのは、仕事として考えてほしかったからだ。

俺にとっては片想いの相手。しかし、菊乃にとっては弁当店の常連でしかない。年もかなり違う。

困っているきみを助けたい。さらには俺も困っているので助けてほしい。

お互いにメリットのある結婚にしようと提案したつもりだ。

彼女は自分が困っているからではなく、俺が困っているから手を差し伸べてくれたようだ。やはり俺が恋した女性は優しく思いやりのある人だ。

しかし、その優しさにつけ込み、夫という立場を利用して彼女を好きにできるわけがない。

同居が始まってからひと月半、俺はいいルームメイトを演じてきたつもりである。

食事を作ってくれる彼女への感謝のために、できる家事は率先してやっている。いい距離でいるために、家にいるときは会話することを心掛けているし、彼女のプライバシーを尊重するために個室を用意し、リビングを長時間占領するようなこともしていない。

休日は買い物や散歩に行く。彼女の元職場に挨拶に行ったとき、たった一度だけ流れで手をつなぐことはできたが、本当にそれだけの接触だ。

俺はこの距離で満足している。

週に何度か一瞬顔を合わせるだけだった想い人が、今は同じ家に住み、俺と笑い合ってくれるのだ。それ以上望んだらばちが当たる。

しかし、俺にだって下心はある。

できたら、この三年の間に菊乃と本当の恋をしたい。三十も半ばになった男としてはかなり奥手な思考だが、俺は真面目にそう考えている。異国の生活をともにし、互いを頼りにして暮らすうちに恋が芽生えても不思議ではないだろう。

菊乃は俺に人間的な好感はあるようだし、時間があればいつかは……。

「博巳さん？」

菊乃に話しかけられ、俺は内心ぎくりとした。

「何？」

「あ、なんでもないんです。急に黙っちゃったから、心配しただけで」

「ごめん。どこのサービスエリアで休憩しようか考えてたんだ」

「あ、そうなんですね。私がソフトクリーム食べたいって言ったからですか？」

「今日は暑くて、長野の実家を出発したばかりのときに彼女は確かにそんなことを言った。きみと本当の夫婦になる方法を考えていたとは言えない俺は、彼女の話に乗った。

「ああ、ご当地ソフトが売っているところもあるからね。希望があれば言ってくれ」

「わ、じゃあ、急いで調べます！」

うちの両親から持たされた漬物や煮物入りのクーラーバッグを横に置き、彼女はスマホを取り出した。

横顔を盗み見て本当に可愛いと感じる。十歳も年下の女性に、これほど夢中になるとは思わなかった。

菊乃の希望で決めたソフトクリームをサービスエリアで食べた。清々（すがすが）しい五月晴れの中、好きな女性とソフトクリームを食べている。中学生のような初々しい喜びを感じた。

「博巳さん、ちょっと考えたんですけど。やっぱり私たち、もう少し夫婦っぽく見えた方がいいんじゃないですかね」

ソフトクリームを食べ終え、コーンに巻かれていた紙を折りたたみながら菊乃が言った。内心、俺はどきりとした。菊乃の言葉次第で、俺たちの関係は変化するからだ。

「今日、両親と会ったときのことを気にしてる？　きみは頑張って恋人らしく振舞ってくれたと思うけど」

菊乃は意識して普段より俺に寄り添うようにしてくれていた。親しげに俺の腕に触れたり、甘えた視線で近距離から見上げてくれたり。ちょっとしたご褒美をもらったような気分だった。

「私……男性とご縁がなかったので、親しい男女の距離というか、上手にできているかわからなくて。イタリアで夫婦としてパーティーなどに出る機会もあるなら、あまり距離があるのは不自然かなあって。あの、もっと常日頃から接触をしてみるのはどうでしょうか」

俺は手にしていたコーヒーの紙カップを握りつぶしそうになった。接触。それはどこまでのことを言っているのだろう。

これは菊乃なりの誘いだろうか。

内心の狼狽を隠し、俺は涼しい顔で答える。

「いいよ。確かにきみの言う通りだ」

「あ、あの、毎日握手をしてみるのはいかがでしょう！」

勇気を振り絞ったといった様子の菊乃に、俺はいっきに脱力しそうになった。

握手……。男性と交際経験がないのは聞いていたが、そうか……握手からスタートか。

しかし、すぐに期待をふくらませすぎた自分の卑しさを恥じた。初心な彼女が妻の役割を果たすために、頑張ろうとしてくれているのだ。

握手で満足……しなければいけないのはわかっている。

「ああ、握手はいい案だ。だけど、恋人らしい距離かは……」

俺は大人の余裕を表情に乗せる。下心がはみ出さないように、なんでもないことのように。

すると、菊乃が頬を赤くして言った。

「じゃ、じゃあ、ハグはどうでしょう！　毎日、習慣として握手とハグをするんです！」

誘導してしまった気がする。そんな罪悪感を覚えつつ、喜びに勝てなかった。

「ああ、そうしようか。きみが嫌じゃなければ」

「嫌じゃないです！　博巳さんこそ、嫌じゃないですか？」

嫌なわけないだろう、と大声を出しそうになった俺は、精一杯落ち着いた低い声で「問題ないよ」と答えた。

互いの両親に挨拶が済んだら、婚姻届を出すと最初から決めている。ようやくハグと握手の約束を取りつけただけの関係ではあるが、俺と彼女はもうじき、書類の上では夫婦になる。

長野の俺の実家を訪ねた翌日は日曜だった。

昨日の旅行の疲れもあるだろうから、朝はゆっくりしようと菊乃には話してある。甲斐甲斐しく食事を用意してくれる菊乃には感謝しているが、家事を義務だと思ってほしくないのだ。先週から語学講習も始まっていて、菊乃も忙しい。

朝が弱い俺はたっぷり惰眠をむさぼり、十時頃にベッドを出た。寝室とリビングはドアひとつ隔てた間取りである。ドアを開けると、ダイニングテーブルには朝食の準備がしてある。

「博巳さん、おはようございます。今日は朝昼兼用でブランチにするのはいかがでしょう」

菊乃が笑顔で声をかけてきた。半袖の白いワンピース姿は、まぶしいくらい愛らしい。

「おはよう、菊乃。準備してくれてありがとう」

「これから、スープをあたためてフレンチトーストを焼くんです」

そう言ってから、菊乃がてでっと駆け寄ってきた。

パジャマ姿の俺の前に立ち、熱心に見上げてくる。

「菊乃？」

「日課を！……済ませに来ました！」

一瞬、なんのことかわからなかった。次に、昨日約束したばかりのハグと握手の件だと思い至る。そうなると、俺の心臓は俄然動きを速めた。

朝の男性の生理反応が収まってから部屋を出たのはよかったが、朝からハグではぶり返してしまいそうだ。

しかし、今断ったら菊乃は臆してしまうだろう。今も覚悟を決めたという顔でやってきているのだ。

「ああ、そうだったね」

俺は平静を装い、菊乃に右手を差し出した。菊乃の小さな手が俺の手と触れ合う。

そっと握ると菊乃の頬にかーっと朱がのぼった。

「次は？」

尋ねると、菊乃の方からおずおずと俺の胴に腕をまわしてきた。

細い身体をそっと抱き寄せる。初めての抱擁に心臓がおかしくなりそうだ。

ふわっと香る菊乃のシャンプーの香りがあまりに新鮮で、俺は彼女の耳元でささやいた。

「もしかして、シャワーを浴びたのか？」

「は、はい！　だって、ハグするのに汗臭かったら申し訳ないです！　寝汗とか、あと家事でも汗かいちゃうし！」

そんなことまで気にしていたらしい。俺は少し笑って言った。

「毎回シャワーを浴びていたら手間だろう。気にしなくていいのに。俺だって寝起きそのままだよ」

「え、でも」

菊乃がくんくんと俺の胸に鼻っ面を押しつける。

「博巳さんはいい匂いがします」

俺は慌てて彼女の身体を引きはがした。赤くなりそうで彼女の顔が見られない。顔をそらして言った。

「そういう言葉は男性を煽るので気をつけなさい」

「え、ええ？　す、すみません！」

驚いた菊乃がざざっと後ろに下がった。よかった。このまま菊乃と密着していては、変な気を起こすところだった。

「ブランチ、仕上げをしてきますね！」

「ああ」

エプロンを巻きながら、キッチンにせわしく入っていく菊乃から目を背け、俺は顔を洗いに行った。こんな調子で大丈夫だろうか。理性ある大人として、間違いのない行動をしなければ。

暴れる心臓の音を聞きながら、あらためてそう思うのだった。


外務省国際情報統括官組織第五国際情報官室では、今日も職員たちがせわしなく行き来している。官僚という仕事は想像以上に地味な仕事である。あちらとこちらの調整。あちらの情報をこちらに流す。こちらの依頼を精査して管轄部署に回す。

年若い職員は省内を一日中駆け回っていることもあるし、年功序列で役職についても大臣の会見や答弁のために徹夜で仕事をすることだってある。外事で問題が起これば夜中に緊急参集もあり得る。

俺の部署は名前通り海外にある日本大使館とのやりとりが多い。そして、俺のいる第五国際情報官室では、外交官として現地に赴き、直接現地の情報収集をする俺のような人間も多く在籍している。

イタリア行きは夏の終わり、単純計算であと三ヶ月だ。省内のいつもの仕事の他に、語学研修の時間も組まれている。

「加賀谷、結婚おめでとう」

昼食の休憩をしていると、会議が終わった真野室長が声をかけてきた。

先日婚姻届を提出し、省内でも報告の書類を出した。

「婚約が決まったって聞いたときは驚いたけど、イタリア行きまでに結婚できてよかったな」

「ありがとうございます」

「愛妻弁当か？　うらやましい限りだなぁ」

俺の目の前には菊乃が作ってくれた弁当が広げられている。週の半分以上二重丸弁当をここで食べていた俺が、毎日愛妻弁当を持ってきているものだから、俺の結婚はあっという間にオフィス中に知られていた。

「料理上手な妻で助かります」

「以前はほとんど毎日近くの弁当店だったのに。あの弁当店も商売あがったりだな」

「俺ひとり買わなくなっても大丈夫なくらい繁盛していますよ」

そこの店長だった女性を口説いて妻にしたとは言わないでおく。

菊乃の経歴は外務省で調べられ、その上で問題ないとイタリア渡航のゴーサインが出た。伴侶であっても、仕事で国外に行くのだから、こういったところは厳しく審査される。

「彼女もうイタリア語を勉強しているのか」

「はい、語学講習の斡旋がきたので、そちらに申し込みました。五月の頭から通っています。英語は短大でやっていたようですね」

「へえ、英語だけでもできるのは助かるな。いい奥さんを見つけたじゃないか」

条件で選んだわけではない。しかし、ここで妻への愛を披露しても仕方ない。

「向こうでの仕事の詳細は奥さんに話したのか?」

「いえ、言わなくてもいいことですし」

「そうだな。その方がいい」

表向き、文化振興と交流のために在イタリア日本国大使館に行くことになっている俺だ。実は政治的な情報収集をしているなどと言う必要はない。

何しろ、見方を変えればスパイ活動だ。滅多にないとは思うが、現地で危険な目に遭わないとも限らない。得た情報によっては、拘束されるということもないわけではない。

親日の国とはいえ、海外では何が起こってもおかしくはなく、情報漏洩は防ぐべきだし、そのためには彼女に意識させない方がいいだろう。

「偏見かもしれないが、女性は地中海の気候も風土も食事も好きだろう。歴史ある建造物も多いし、三年あれば観光地もめぐり放題。奥さんには楽しいイメージだけさせておくんだな」

「そうするつもりです。語学留学のような気分でついてきてくれれば充分ですよ」

真野室長が外出していき、俺は弁当の続きに戻った。

菊乃に妙な心配をかけたくはないし、面倒事は伝えない。それは当初から決めていたことだ。

かけらでも危険を感じさせたくない。渡航を躊躇しそうになる情報はシャットアウトしておきたいというずるい気持ちも間違いなくあった。

菊乃は思いやりあふれる優しい性格だ。芯も強い。もし本当のことを話したとしても受け入れてくれるかもしれない。その上で、イタリアについてきてくれるかもしれない。

しかし、言わないで済むならそれが一番平和ではないだろうか。

午後の仕事中に電話がかかってきた。国際電話は日常だが、相手はイタリアの日本大使館の職員だった。

「堂島さん、どうしました。そちら、まだ朝でしょう」

『よお、加賀谷。嫁さん連れでこっちに来るらしいじゃないか』

堂島さんは防衛駐在官である。自衛隊からの出向職員で自衛隊の階級は一佐。一等書記官として昨年からイタリアに行っている。

イタリア行きが決まった時点で連絡はしたが、結婚することは伝えていなかった。大使館に送った俺と妻の情報から、電話をかけてきたのだろう。

「言い忘れました。先日、結婚をしまして」

『は〜、堅物で面白くないおまえがねえ』

堂島さんとは俺が二十代の頃、スペインで一緒だった時期がある。こんなことを言っているが、誰より俺を可愛がってくれたのもこの人だ。

「おかげ様でこんな堅物でもいいと言ってくれる素敵な女性が見つかりました」

『はは、素直に祝福するよ。おめでとさん。ローマはいい街だが、旅慣れない女性には危険も多い。まして、おまえの仕事のことも含めて、不安を感じさせないように守ってやれよ』

「ご心配ありがとうございます。妻には心配をかけないようにします。そちらに行ったらあらためて妻を紹介させてください」

『おう、楽しみに待ってるぞ』

堂島さんとの電話を切り、俺は考えた。菊乃には何ひとつ苦労も心配も不安もない日々を送ってもらおう。異国での幸せな三年間。彼女がもし俺を選ばなかったとしても、若くて未来のある想い人に素晴らしい時間をプレゼントできたなら、俺の気持ちも報われる気がする。

帰り道は日比谷公園の近くを通るのが常だった。

夕暮れ時の公園は涼しい風が吹き、桜を始めとした樹木の新緑が揺れる。いい時期だ。

温暖化なのか、日中は夏のように暑いが夕方になるとすうっと冷えた風を感じられる。

まもなく菊乃の二十五歳の誕生日。菊乃は美しい季節に生まれたなと思う。

誕生日はどうしようか。ケーキを買って、ふたりで心地よい風を浴びながら夜の公園を散歩でもしようか。プレゼントはどんなものがいいだろう。

角を曲がり、マンションが見えた時点で異変に気づいた。菊乃の姿が、マンション前の路上にある。誰かと向かい合って話しているようだ。

その背格好から、すぐに誰だか判別がついた。

丸中正だ。菊乃の従兄で、彼女を陥れた男だ。

菊乃に悪意を向けた時点で、この男については調べてある。接近してきたらすぐにわかるように顔写真にも目を通してある。ツテはいくらでもあるのだ。

しかし、こんなふうに菊乃と俺の住むマンションに突撃をしてくるとは思わなかった。

「菊乃！」

俺は声を張りあげ、駆け出した。周囲の人が何事かとこちらを見るが気にしている場合ではない。

猛然と走ってくる俺に、丸中正の方が先に気づいた。たじろいだ顔をし、じりと下がる。

俺は菊乃の前に立ちはだかるようにして、丸中正と対峙した。

「妻になんの用ですか？」

「博巳さん！」

菊乃が驚きと安堵の声音で俺を呼んだ。大丈夫と言う代わりに、彼女を背中に庇う。

「丸中正さん、あなたが菊乃にしたことは知っています。どうして近づいてきたんですか？　謝罪には見えませんが」

「外務省のエリートをひっかけたとは聞いていたけど、本当だったんだなあ。菊乃はたかるのがうまい」

俺の登場に明らかに狼狽しているくせに、丸中正は嘲笑を浮かべた。俺の後ろの菊乃に向かって言う。

「おまえの実家、貧乏だもんな。短大時代からずーっとうちにたかりやがって。卑しいクソ女め」

「菊乃、聞かなくていい」

「うちの親父とお袋に取り入って、社員を手玉に取って、二重丸弁当を乗っ取ろうと思ってたんだろ。二重丸弁当から追い出されたら、今度は金持ちを捕まえて結婚かよ。つくづく下劣だな」

夕暮れ時のオフィス街だ。人通りは多い。そんな中で、丸中正は偉そうに菊乃を貶める。このまま騒ぎ続けるようなら、警察を呼んだ方がいいかもしれない。菊乃はこの男に恨まれているのだから。

「菊乃を陥れておいて、自分の立場がなくなったら逆恨みとは、神経を疑う。あなたについては、素行についてまで俺の方で調べてあります。これ以上、菊乃を脅かすようなら、俺にも考えがありますよ」

「うるせえ！　この女が東京に出てこなきゃ、俺はこんなことになってねえんだよ！　親父もお袋も、こいつを贔屓しやがって！　菊乃のせいで俺の人生はめちゃくちゃだ！」

なんと呆れた思考だろうか。すべては他人のせいなのだ。自分自身には省みるところは一点もないと思っているのだろうか。この男はずっとこうした他責思考で生きてきたに違いない。だから、今も現実が受け入れられない。

「……そんな恨み言を言いに来たんですか？」

俺の後ろで菊乃が静かな声で言った。そのあまりに落ち着ききった声音に、俺が驚いたくらいだ。

菊乃は俺の後ろから出てきて、丸中正を見据えた。

「伯父さんと伯母さん、会社のみんなの信用を失ったのは、あなた自身の行動の結果でしょう。正さん、あなたがパート社員にどれほど高圧的な態度を取り続けてきたか私は知っています。各店舗の若いアルバイトの子をしつこくナンパしていたのも知っています。営業と偽って、昼間からゲームセンターやカードショップ、パチンコに入り浸っていたのも知っています！」

立て板に水といった調子で、菊乃はずらずらと丸中正の罪状を上げ連ねる。

「田澤さんを脅して、転売の手伝いをさせましたね。私のパスワードを手に入れて書類をでっち上げたのはあなたです。私の筆跡を真似るために、デスク周辺をうろついていたのは何人ものパートさんが見ていました。すべてが露見したら、あっさり逃げて。さらには私に文句を言いに来た、と」

菊乃の勢いに丸中正はすっかり黙り込んでいる。おそらく、彼女は今までこの男を激しく問い詰めたりしなかったのだろう。情けなくも丸中正は、なめてかかって文句を言いに来た従妹に逆襲され、怒りとショックでぶるぶる震えているのだ。

「全部、全部、ぜーんぶ、正さんの身から出た錆！　私と夫のところへわざわざ住所を調べて押しかけてきたって無駄です。私相手なら、ちょっと脅せば小遣いをせしめられるとでも思いましたか？　あり得ないですね！　私は金輪際、あなたには関わりません！　私のところに来る暇があったら、伯父さん伯母さん、会社のみんなに土下座して謝ってきてください！」

思わず拍手したくなるくらい立派な口上だった。やり込められた丸中正は顔を真っ赤にして言葉を探している。しかし、気の利いた言葉は見つからないようだ。

「わかったらお帰りください。次にこの近くで見かけましたら、ストーカーとして通報します。接近禁止命令を出してもらいましょう」

俺の言葉で、挽回のすべはないと知った丸中正は、怒りと羞恥で真っ赤な顔のままくるりと踵を返した。そのまま小走りで地下鉄の入口方向まで走っていったのだった。

丸中正の背中が見えなくなると、ほおと菊乃が息をついた。どうやら菊乃も張り詰めていたらしい。

「お見苦しいところを見せました」

困った顔でうつむく菊乃の背を支える。菊乃の背は汗が冷え、冷たくなっていた。

「いや、見ていてすっきりしたよ。言いたいことを言えたんだろう」

「はい、実はずっとずっと正さんの怠(なま)けや不正を見続けて苛立っていたので、言う機会ができてよかったです。博巳さんが隣にいてくれたので、勇気が湧きました」

そう言って菊乃はにっこり晴れやかに笑った。

「逆上して暴れたり攻撃してくるヤツもいるから、こういうことは俺がいるとき限定にしてくれ」

「はい、わかりました。ご心配をおかけしましてすみません」

「格好よかったけどね」

俺の言葉に、菊乃が苦笑いする。行きすぎた言動だったと思っているのかもしれない。

俺としては、菊乃の新しい一面が見られたようで嬉しい。穏やかで優しいだけじゃないのだ。

きっと、俺の好きな人にはもっと違う一面がある。

「帰ろう、菊乃。夕食にして、来週のきみの誕生日の相談をしたい」

「え！ 何もいりませんし、どこにも行かなくていいですよ！」

「いきなり遠慮しないでくれ。そうだな。マナー講習を兼ねてディナーなんてどうだろう」

菊乃の顔から緊張感が消え、俺にだけ見せるくつろいだ表情が見える。

「マナー講習、まだ一回しか行ってないので不安ですよ～」

「大丈夫、大丈夫」

菊乃のありとあらゆる表情を独り占めしたいと思いながら、彼女の腰をそっと抱いた。人混みから庇い、マンションのエントランスに導くために。

5　いざイタリアへ

私たちが契約夫婦を始めたのが三月。正式に結婚したのが五月。季節は夏になり、あっという間に八月が終わる頃になっていた。八月の最終週に私と博巳さんはイタリアに発つ。

今日、私は二重丸弁当日比谷公園前店にやってきている。出国前の挨拶を兼ねて外出先の帰り道に寄ったのだ。今夜は元自社のお惣菜に頼る予定でもある。

二重丸弁当における私の名誉回復は、伯父によってなされた。朝礼で私の解雇が不当であったことを自ら報告し、私に復職を求めたということだ。私の結婚も報告され、パートの和田さんたちからは伯母づてに大きなお花とメッセージカードをもらった。私の名誉回復にはパートの和田さんたちの力も大きかったに違いない。お返事と返礼のお菓子を贈った。

正さんはあれ以来、会社にも実家にも戻っていないそうだ。伯父も伯母も勘当だと言っていて、二重丸弁当に彼の戻る場所はない。これでよかったのだと思う。正さんはあそこにいる限り、変われないだろうから。

店についたのは昼営業が終わる十四時半ぎりぎり。奥で片付けをしていた清原さんが挨拶に出てきてくれた。

「あっという間でしたね。準備期間」

「本当に。語学講習やマナー研修を三ヶ月半受けて、パスポート作って、もう出国だから早いよね」

「お勉強、大変でしたねえ。イタリア語は完璧なんですか？」

清原さんの無邪気な質問に私は苦笑いだ。

「基礎をやっただけなんだ。現地で生活するために必要な最低限のやりとりができるって感じ。英語もあらためて講習してもらえたのがよかったかな」

「そっかぁ。もともと菊乃さんは英語できましたもんね。お店に日本語がわからないお客様が来ると菊乃さんがささっと対応してくれるんで助かりましたぁ」

清原さんは私を菊乃さんと呼んでいる。戸籍上、私はもう加賀谷菊乃で、小枝じゃないものね。

「一時帰国することもあるけれど、基本はイタリアに行きっぱなしだから、しばらく会えないね。清原さん、大学院を出て就職したらここも辞めちゃうでしょう。帰国したら連絡するから会おうね」

「もちろんですよ。あ～、今日は菊乃さんの幸せそうな顔が見られてよかったです」

清原さんが満面の笑みで言い、私は戸惑いを隠しつつ笑い返す。

「幸せそうに見えるかな?」

「もちろんですよ。ご主人とラブラブなんでしょう?」

清原さんは私と博巳さんが契約婚だなんて当然知らない。おそらく世間一般の新婚夫婦のように蜜月の日々を過ごしていると思っているのではないだろうか。

「外務省のエリートに見初められて、いきなりプロポーズ。そしてともに海外赴任……。庶民にも手が届くかもしれないシンデレラストーリーを菊乃さんは目の前でやってのけてくれたんです。アルバイト全員、めちゃくちゃ盛り上がりましたよ!あれ以来、みんなイケメンで身なりのいいお客さんを探しちゃってますもん」

「こらこらこら、真面目に勤務しなさい」

「でも加賀谷さんほどのスマートなイケメンはなかなかいないです～」

確かに博巳さんは目を引く美貌の男性だ。シックな官僚スタイルも当然似合うけれど、派手な格好をしても似合いそうだし、モデルだと言われてもうなずける。

つくづくこんな地味で面白味のない私と結婚する理由がない。

「菊乃さんもすごく綺麗になりましたよね!」

清原さんに言われ、私はどきりとした。愛されている女はホルモンで綺麗になるとか、そういうことかな。だとしたら勘違いなんだけれど。

するとと清原さんは私の顔をまじまじと見て言う。

「毎日忙しそうにしていた小枝店長もキラキラしていましたけど、今の菊乃さんはなんだか穏やかで落ち着いていて……人妻の余裕って言うんですかねえ。とにかく、いい雰囲気です！」

なるほど。愛された女が綺麗に……という構文じゃないけれど、私の今の日々は穏やかな楽しさがある。

二重丸弁当に勤務していた頃ももちろん幸せだったけれど、今は夢に向かって毎日頑張っているのだ。隣には憧れの人。優しくて、どこまでも受け入れてくれる素敵な旦那様。

人から言われて実感するのも妙だけれど、私って幸せなんだ。その幸せをもたらしてくれた博巳さんの顔がぽわんと浮かんで、心があたたかくなった。

期間限定の契約婚だけれど、私はいい時間と経験をもらっているのだと思う。

「からかわないでよ～」

私は清原さんと笑い合い、居残っているスタッフに挨拶をしてから元職場をあとにした。

博巳さんと同居して約五ヶ月。

私たちは着実にパートナーとしてレベルアップしていると思う。

互いのプライバシーを尊重しつつ、家事を分担し、居心地よく過ごせている。仲のいい夫婦を装うために、実際に距離を縮める努力だってしている。握手とハグは毎日の習慣だ。

博巳さんの腕は思ったより筋肉質で、胸は厚みがあってたくましい。男性的なコロンの香りにもドキドキして、一日一回の触れ合いの時間は至福の時間。

一方で思う。私が感じる嬉しさをきっと、博巳さんは感じていないだろう。

彼は仮にも妻の私に触れようとはしない。同居スタート時に宣言した通り、私を女性として扱いながらも性的な相手とは見ないようにしているようだ。

それでも毎日ハグをしていて、まったく何も気にされていないのは少し寂しい気がする。

清原さんは綺麗になったと言ってくれたけれど、それは本当に夢を追いかけている気力からであって、夫から愛されて幸せで輝いている女性という意味合いではない。

おそらく彼自身が理性的でいられるのは、女性としての私に興味がないからだろう。だから、三年きりの契約相手に選べたといってもいい。

何もしてこないのは、当然のこと。だから、なんとなくもやもやしてしまうのはお門違いなのだ。

たぶん……、私は少しずつ博巳さんに惹かれている。もともと憧れの男性だった。会えた日はあたたかな気持ちと弾むような嬉しさを覚えた。彼に契約でも妻に選んでもらえて嬉しかった。

ふたりで暮らす居心地のよさを感じていた。正さんが家の前にやってきたときは仲裁に入ってくれ、守ってくれた。私に居場所をくれた。

だから、どこかで期待してしまったのかもしれない。ともに暮らすうちに彼が私に興味を持ってくれるのではないか、と。

彼が私に親切なのは、契約相手だからだ。特別な存在であるのは間違いないけれど、恋愛対象にはなり得ない。それなら、私が勝手に盛り上がってはいけない。彼のためにも自分のためにもならないもの。

三年間のほとんどをイタリアで過ごし、私自身の勉強の日々にできる。こんなに素晴らしい経験に感謝こそすれ、寂しさなんて感じては駄目だ。

帰宅し、総菜以外の夕食の準備をしているところに、博巳さんが帰ってきた。

珍しく電話をしているようで、英語とイタリア語交じりでしゃべっている。私に目で「すまない」と合図をし、流暢なイタリア語で打ち合わせ日を確認して電話を切った。

「悪かった。ちょうど相手からかかってきてしまって。ただいま、菊乃」

「おかえりなさい。現地の方ですか？」

「いや、日本在住イタリア人のイベントコーディネーター。こちらが少し話せるとわかったら、ほとんど英語かイタリア語でね。俺も得意というわけじゃないんだが」

困ったように言うけれど、博巳さんの発音はすごく綺麗で、ネイティブ顔負けだった。

そんな彼に見せるのは気が引けるけれど……。

「博巳さん。見てください！」

私は夕食準備の手を止め、ダイニングテーブルに載せておいた修了証書を掲げて見せた。

「イタリア語会話短期スクール、本日で修了証書をもらえました」

「おお、お疲れ様」

博巳さんが私の手から証書を受け取りしげしげと眺める。先日、マナー講習と英会話スクールの修了書を見せたときも丁寧に見てくれた。

「頑張ったね、菊乃。向こうでの生活の不安が少しは薄れたかい？」

「まったくイタリア語を知らなかったときよりは……。でも、まだ不安ですよ！」

「買い物なんかは付き合うし、困ったら俺がいる」

「博巳さんは、イタリア語も完璧なんでしょう？」

「きみと同じ程度だよ。でも、ふたりで力を合わせたら生活できそうな気がしてくるだろう」

博巳さんは控えめに笑う。そんなふうに言うけれど、さっきのやりとりを聞いていたら、絶対私よりできるのは間違いない。若い頃はスペインに行っていて、そちらの言葉もまだ覚えていて喋れるそうだから、きっと頭の出来が根本から違うのだ。

「どうしても困ったら、大使館にイタリア語が堪能な職員がいるから教えてもらおう」

「大使館って外務省の職員ばかりなんですよね。みんな語学が得意そう」

「そうでもない。テストで点は取れてもペラペラは喋れないという人も実は結構いるんだ。だから、語学研修はみんなまあ必死だよ」

博巳さんはくすっと笑って、続けて説明する。

「あと、大使館職員はほとんど外務省の人間だけど、在外公館警備対策官として警察庁や民間から、防衛駐在官として自衛隊から出向してもらうこともある。運転手やシェフなどの役務職員は民間からの登用で大使公邸に勤務。大使館内の仕事に現地職員を採用する場合もある」

なるほど、結構日本からいろいろな人が赴任しているのだ。さらにその家族が一緒に現地にいる。私の仕事はそういった人たちとのコミュニケーションも含まれるのだろう。家族なら日本語で大丈夫だろうし、現地職員の人は英語が通じるならまだ話せる。

「菊乃」

博巳さんが証書をテーブルに戻し、私に向かって腕を広げる。私はおずおずとその腕の中に納まった。日課のスキンシップだ。気にしなくていいと言われるので、シャワーも浴びていないのだけれど、本当にいいのかしら。

「博巳さん、お夕飯の準備が」

「IHコンロは点いていないだろう。それなら大丈夫」

博巳さんが私の髪に顔をうずめる。汗臭くないかなあと心配になりながら、私は博巳さんのシャツの胸に顔を押しつけた。腕を腰に回してぎゅっとしがみつく。

ああ、幸せ。

男性と交際したことがないから知らなかったけれど、ハグって安心するものなのだ。ストレスが減るって聞いたことがある。抱き合っているとそれだけで癒されていくのを実感する。

「菊乃、もしかして疲れてるのか？」

博巳さんの腕の中でついついうっとり幸せにひたっていたら、博巳さんの気づかわしげな声が聞こえてきた。私は驚いて顔をあげる。

「いいえ、疲れてませんよ！」

すると博巳さんが私の頬を両手で包んだ。そしてじいっと見下ろしてくる。まるでキスの直前みたい。

心臓がどかどかとせわしなく鳴り響きだし、もう緊張で倒れそう。

そんな私の様子を、やはり疲れだと勘違いした博巳さんはふっと控えめに微笑んだ。

「今日は暑かったからな。外を歩き回るだけで疲れるだろう。夕食は総菜を買ってくると言っていたな。残りは俺が準備するよ」

「や、ほんと、だ、大丈夫ですって！　元気いっぱいです！」

博巳さんが私の腰をするりと抱いた。そのままソファにエスコートされ座らされてしまう。

「いい子にしていなさい」

子ども扱いされた気がするのに、博巳さんの包容力のある態度に胸がきゅんどころかずぎゅんとくる。ああ、やっぱり素敵な人だ、私の旦那様って。

私ばかりがときめいてしまって、なんだかちょっと苦しい。博巳さんは恋をしてはいけない人なのに……。


八月の最終週、イタリアに出発する日がとうとうやってきた。

博巳さんのマンションは分譲タイプなのでそのままにしていくそうだ。たまに実家のご両親が使うと聞いている。車は処分した。

荷物は衣類がほとんど。家具などは備えつけのものがあると聞いている。

私たちはそれぞれスーツケースひとつを持ち、成田空港から飛び立った。

十四時間のフライトとは聞いていた。そもそも海外に行くのが初めての私は、半日我慢すれば到着なんて近いと思っていたのだけれど、実際ビジネスクラスでも長時間座っているのはかなりくたびれた。夜間のフライトで早朝に到着する便だったというのに、妙に神経が昂りあまり眠れずにいるうちドイツのフランクフルト空港に到着。

二時間ほど空港内で過ごし、この頃ようやく眠気がやってきたものの、空港のラウンジで眠りこけるわけにもいかない。

「菊乃、大丈夫か？」

眠そうな私を見かねて博巳さんが声をかけてくる。

「なんか体内時計がおかしいっていうか。変な感じですが、大丈夫です」

「夜に出発してかなりの時間が経っているのに、まだ夜が明けていないからだろうな」

空港の大きな窓ガラスからはドイツの空。まだ暗く、空港のあかり以外はよく見えない。

「ここからはすぐだよ。もう少し頑張れるか？」

「はい。到着したら大使館にご挨拶に行くんですよね。大丈夫ですよ！」

「先に住まいに行くよ。到着は早朝だからな」

空港内のカフェで熱いコーヒーを飲み、乗り継ぎだ。フィウミチーノ空港に到着したのは朝六時だった。天気がよくないのか初めて降り立ったイタリアはかすみがかっていた。しかし、飛行機の窓から見えた景色は歴史的な建造物が多いように思えた。

空港内で博巳さんはタクシーを手配してくれた。ローマ市内まではタクシー移動だそうだ。

「ローマまで一律五十ユーロだよ。スーツケースがふたつだから追加料金が一ユーロ。バスや路面電車のトラム、地下鉄もあるが、乗り方はおいおい覚えるといい」

「勉強はしてきたつもりですけど」

ひとりで移動できるかというと少し不安ではある。

タクシーの運転手には私が住所を伝えた。イタリア語を現地の人相手に使えるかチャレンジしてみたかったというのが理由だ。伝わるか心配だったので、もし伝わらなかったらメモを見せようと思っていた。しかし、運転手はすぐに理解してくれたようで、タクシーはなめらかに走り出す。

空港周辺は畑が続くが、少し行くともう市街地に入った。朝陽は見えない。朝もやと雲に遮られた街は、静かだった。人口も日本よりずっと少ない国だ。観光客が出歩かない時間はいっそう静かなのだろう。

やがて私の思い描いていた通りの街並みに、胸がとくとくと高鳴りだす。どこもかしこも堅牢（けんろう）なローマ建築の建物が続く。コンクリートの建築だとは聞いていたけれど、古代の話だと思っていた。現代のローマ市内には近代的な建築物がほとんどなく、ほぼすべてが歴史的な佇まいを見せていた。

イタリア人の運転手が「ここだよ」という意味の言葉を言い、路上でいきなり停車した。お世辞にも穏やかな停車じゃなかったところを見ると、通り過ぎそうになったようだ。

まったく悪気のなさそうな運転手に礼を言い、私たちがこれから住むマンションを見上げた。

「ここ、ですか？」

思わず博巳さんを見やってしまったのは、その建物がどう考えても歴史的な建築物にしか見えなかったからだ。東京のマンションを想像していた私からすると、「こんなところに住んでいいの？」といった感じ。

「ああ、ここだよ」

博巳さんはスーツケースを押しながら、エントランスに向かう。私も慌てて追いかけた。

エントランスに入って驚いた。建物の中は近代建築なのだ。

コンシェルジュが二十四時間いるようなマンションだとは、見た目だけじゃわからない。

博巳さんがコンシェルジュと話して部屋のカードキーをもらってきた。部屋に私を促しながら言う。

「ローマ市内は建築に制限があるからね。こういったマンションも外観は変えず、中をリフォーム、リノベーションして使うんだ」

「は〜、頑丈なコンクリート造りだからできることですねぇ」

中庭が広く取られ、大きな木と庭が見えた。住人は利用していいらしい。建物内部はかなり建て替えや修繕を進めているようで、私たちの部屋から、中庭を挟んだ区画は少し古びて見えた。

「この部屋だ」

博巳さんがドアを開ける。八階の私たちの新居は、東京の住まいほどの広さで、新築と見紛うばかりにぴかぴかだった。新しい家具がそろっていて、窓からはローマの街の一部が見えた。あの塔はなんと言ったっけ。

ちょうどこのタイミングで曇った空から太陽の光が一筋差した。宗教画のような世界に思わず声がもれる。

「す、すごい。素敵……」

「ああ、いい部屋だな。大使館の人間が整えてくれた」

博巳さんは部屋のチェックをしていて、私が景色に感嘆の声をあげたのだとは気づいていないようだ。

「三年間、きみが居心地よく過ごせる部屋ならいい……って、菊乃は景色を見ていたのか」

「あ、はい。なんか現実感がずっとないんですけど、今ぐわっと押し寄せてきました。私、イタリアに来たんですね」

「ああ、きみにとっていい経験になれば、俺も嬉しい」

三年間、彼の奥さんのふりをし続ける間、私も多くを学ぼう。この国のことを知ろう。文化と言葉に触れていこう。

「さあ、菊乃、大使館に赴くまでまだ時間はある。眠り損ねたんだから、少し休んでおきなさい」

「私、元気ですよ！　朝ごはん食べに行ったりできます！」

それはそうとして、スーツケースを寝室にしまおうと、博巳さんとともに寝室のドアを開けた。

「あ」

私と博巳さんの声が重なった。そこにはキングサイズのダブルベッドが一台あったからだ。

数瞬の無言。

それから博巳さんが慌てて言った。

「早急に手配し直す。数日待ってくれ」

ベッドのことだとすぐにわかった。私たちは同居五ヶ月間、同じ部屋で寝起きはしていない。

「だ、大丈夫ですよ、私は！」

慌てて言ったのは、一応私と彼の立場からだ。

「大使館の方がそろえてくださった設備でしょう。早々に勝手に変えたらまずいですよ。それにベッドを別にしたいなんて、不仲に思われるかもしれません」

博巳さんは珍しく困った顔をし、拳を口元に当て悩んでいた。それからこちらを見る。

「菊乃、きみは嫌じゃないか？　俺と眠るのは」

「いっ嫌じゃないです！　ほら、毎日ハグもしてますし！　慣れているというか、博巳さんといると外国でも安心っていうか！」

なんだか必死に聞こえていないだろうか。私ばかりが一緒に寝たい感じになってしまっていない？

「博巳さんが嫌なら、私、リビングのソファに移動します。ソファは大きいし、私は身体も小さいし」

「そんなことしなくていい」

博巳さんは低い声で言ったあと、ぼそりとつけ足した。

「嫌なわけないだろう。菊乃と寝るのが」

それはどういう意味だろう。聞きたいけれど聞けない。恥ずかしくて顔が赤くなって、口がぱくぱく空振りしてしまう。

「少し休むんだ。出かける一時間前に起こすから」

そう言って博巳さんは寝室を出て行った。私は真っ赤になったまま、ベッドにぽすんと身を投げ出す。

「勘違いしちゃうよ、博巳さん……」

今夜から一緒に眠るのだと思うと、頭がパニックになりそう。だけど同じくらい拒否されなかったことが嬉しかった。

こんな気持ちじゃいけないのに。

ほんの少し休むつもりでベッドに入り、博巳さんが起こしに来るまで二時間ほど熟睡してしまった。

博巳さんが空港で買っておいてくれたパンで朝食にし、身支度を整えた。博巳さんは、仕立てたばかりのスーツ姿。いつもオールバックにしていた髪の毛は、前髪を下ろしてセンターでナチュラルに分けている。印象がぐっと柔らかくなり、素敵で見惚れてしまいそう。じろじろ見すぎないように注意していると、大使館から迎えの車が来た。今日は私も一緒だから来てくれた様子。普段の博巳さんの出勤はバスになるそうだ。

「おはようございます。ようこそ、ローマへ」

エントランスまで来てくれたのは二十代後半と思しき男性だ。

「職員の伊藤と申します。加賀谷さん、奥様、よろしくお願いします」

「迎えに来てくれてありがとう」

「今日はご挨拶だけでしたね。長旅でお疲れでしょうし、終わりましたらまた私がお送りします」

伊藤さんの運転で、ローマ市内を進み大使館に向かった。

「おふたりともイタリアは初めてですか」

尋ねられ、私は「はい」と頷き、博巳さんが「俺は学生の頃に一度」と答える。語学研修という名の修学旅行の行先がイタリアだったそうだ。

「ローマはご存じの通り人気の観光地です。華やかで明るく、現地の人間も観光客慣れしているのでフレンドリーです。美味しい店や買い物がしやすい市場などはお教えしますが、まずは犯罪に気をつけてください」

犯罪、という言葉にどきりとする。

「ここで暮らしていても見た目は外国人ですから、観光客としてカモにされることはあります。スリ、置き引きはもちろん、ぼったくりバーや押し売りなんかにも気をつけてくださいね」

「学生の頃来たとき、スペイン広場で小さな女の子に花を売られたよ」

「今も花売りはいますね。大人も子どももいますし、強引に売りつけてくる連中もいますよ。日本と比べたら、やはり貧富の差が大きいですからね」

伊藤さんはバックミラー越しに私をちらりと見て笑った。

「奥様、いきなり脅すようなことを言ってすみません。おひとりで行動されることも多いかと思いましたもので」

「いえ、教えていただけて助かります」

「おすすめのグラニータのお店もお教えしますからね。シャーベットなんですが、イチゴ味が特に人気なんです」

そんな話をしているうちにあっという間に在イタリア日本国大使館に到着してしまった。バスを使って通勤する予定だそうだけれど、これは歩ける距離かもしれない。

大使館の敷地内はイタリアの中の日本だ。門をくぐり、車寄せで降りた。入口の前にも年代物の置物が置かれていて、おそらく文化財クラスのものだと思う。こんなに無造作に置いてあっていいのかしら。

博巳さんについて館内に入った。まずは大使の執務室に向かう。

「外務省国際情報統括官組織第五国際情報官室、加賀谷博巳、本日より着任いたしました。よろしくお願いいたします」

博巳さんが最敬礼で頭を下げ、私もならった。

「よく来たね。よろしく。奥さんも遠いところをご苦労様」

横溝(よこみぞ)大使は五十代後半の白髪の男性だ。小柄だが背筋がぴしっと伸びて格好のいい人である。

「文化振興だったね、仕事内容は。今度和太鼓のコンサートを開くって聞いているよ」

「はい。日本で計画を進めてきました。こちらでの会場や協力者の方々との調整がつき次第ご報告いたします」

「きみの初仕事だ。盛り上げてくれよ」

　博巳さんのお仕事が文化交流や文化振興のためというのは聞いていたけれど、和太鼓のコンサートなんてイベント計画が進んでいたとは知らなかった。

　博巳さんは私に仕事の話を一切しない。私の方から、もっと興味を持って聞くべきだったかしら。

「奥さん、今度うちの家内が食事会を開くんだ。ランチにお招きするから顔を出してもらえるかい？」

　大使に言われ、私は「はい！」と元気よく返事をしてしまった。咄嗟とはいえ、元気がよすぎたかもしれない。

　大使が楽しそうに笑って頷いていた。

　それからは大使館内を歩き回り、各部署に挨拶をした。ローマの日本大使館は同じ建物内に領事部もあり、併せて二十名ほどが勤務している。

　博巳さんの古い知り合いの堂島さんという男性は、陸上自衛隊の一佐だという。防衛駐在官として一等書記官の名で出向してきているそうだ。

「菊乃さん、初めまして。俺は堂島といいます。いやあ、よく加賀谷なんかを選んだねえ」

堂島さんは明るく博巳さんをけなしている。博巳さんがめずらしく不満顔だ。

「堂島さん、妻に変なことを言わないでください」

「ええ？　だって加賀谷だぜ。朴念仁の仏頂面で真面目も真面目の加賀谷が、三十半ばでいきなり若くて可愛い嫁さんを連れてきたら、どうやって口説いたか気になるだろ」

「気にしなくて結構」

こんな砕けたやりとりができるくらい仲のいい人なのか。博巳さんが普段より表情豊かに見えるのも旧知の人といるからだろう。

それを考えたら、私と博巳さんの関係なんてまだまだだなあと感じてしまう。

「日本と同じ感覚で過ごすと危ない。あとは困ったら俺を頼ってね。慣れるまでは、なるべく加賀谷と歩き回るといいですよ。俺は寂しい単身赴任なもんで、ひとり暮らし。いつでも駆けつけますよ」

「堂島さん、軽口たたいてないで仕事に戻ってくださいね」

博巳さんは私を隠すように背中側に回す。堂島さんがその様子をにやにや見ていた。

挨拶回りを終え私と博巳さんはマンションに戻ってきた。

お昼までかからなかったというのに、身体はぐったりと疲れている。飛行機の疲れもあるし、気を張っていたのもあるかもしれない。

「菊乃、来てくれてありがとう」

「いえ、ちゃんと挨拶できていましたかね」

「できていた。充分だよ」

博巳さんは窓辺に立ち、私に指さす。

「あのあたりに市場がある。これからふたりで散策してみよう」

「いいですね。でも、博巳さんは疲れていませんか?」

「今眠ってしまうと、夜に眠れないからな。それに、堂島さんも言っていたが、慣れるまでは俺が外出に付き合う」

日本とは治安が違うということもあり、博巳さんは気にしてくれているようだ。

「近くのマーケットや市場くらいなら、私ひとりで明日にでも行けますよ」

そのためにイタリア語も学んだのだ。あまり心配しすぎないでほしい。

「菊乃がしっかりしているのはわかる。信頼もしている。ただ、俺が不安なんだ。しばらくは俺のためにもひとりでは出歩かないでくれるか?」

「……わかりました」

私の顔を見て、博巳さんは少し笑った。

「そんな顔をしないでくれ。わかった。何度か一緒に外出したら、日中はきみひとりで出歩いてもいいから」

博巳さんが面白そうにしているけれど、私そこまで不満丸出しだったかしら。

日本より気温は高いが、湿度が低くカラッとしているせいかそれほど暑く感じない。

私と博巳さんは市場散策にでかけた。

市場は新鮮な驚きの連続だった。大量にごろごろ売られているフルーツや野菜、吊り下げられているサラミにハム、真空パックになったチーズ。

日本とはかなり趣が異なる。聞こえる声は当然ながらイタリア語。

簡単な会話で、私はトマトとタマネギと綺麗な黄色のパプリカを購入することができた。

パンを買ってふたりで帰宅する。これは明日以降の食材。

この日の夕食は近くのリストランテに出かけ、ワインで乾杯した。パスタは肉の前に出てくるから前菜だなんてかなり昔に聞いたけれど、そんなことはない。現地の人はお酒をゆっくり飲みながらおつまみを食べ、後半で肉やパスタ、ピザを食べる人が多いようだ。シェアが基本の大皿料理ばかりで、ふたりで食べきれる量だと思って注文したピザを見て、思わず声をあげてしまった。トマトソースとチーズのシンプルなピザはかなり大きい。だけど、味は日本で食べたどのピザよりも美味しかった。

お腹いっぱいになって帰り、食休みをしてシャワーを浴びて……。私はいよいよドキドキしてきた。これからひとつのベッドで博巳さんと眠るのだ。

「菊乃、俺はそろそろ休むが」

声をかけられ、窓辺にいた私は肩を揺らした。

「私も寝ます」

博巳さんのあとをついていきながら悶々と考える。いびきや寝言、寝相は大丈夫だろうか。パジャマは寝ているうちに着崩れたりボタンが外れたりしないものを選んでいる。いや、そもそも緊張して眠れない気がする。

博巳さんが先にベッドに入り、掛布団をめくって私が眠るスペースを空けてくれる。

「お邪魔します」

ならって横に仰向けになったら、布団の中で腕を引かれた。博巳さんの胸が目の前にある。そのままベッドの中で抱き寄せられてしまった。

「博巳さん……！」

「今日のハグがまだだったと思ってね」

博巳さんの低い声が耳に響く。緊張とパニックで目の前がぐるぐる回った。嫌なんじゃない。だけど恥ずかしくて死にそう。

博巳さんはいつもの習慣で何気なくやっているだけなのだろう。だけど、私は意識してしまう。

そういう関係にはならない約束の契約婚。

わかっているのに。

「終わり」

博巳さんはそうささやいてかちこちになった私の身体を解放した。

「驚かせたか？」

「いーえ！　確かに忘れてましたものね！」

わざとらしいくらい明るく言って、私は自分のスペースに戻る。幸いにもキングサイズのベッドは広くて、私と博巳さんの間に隙間を作ることは容易だった。エアコンの音を聞きながら、私は自分用の薄掛けを羽織り、博巳さんに背を向けた。平静を装っているが、心臓の音はずっとうるさく、一向に眠りは訪れそうもないのだった。

イタリア到着から三日が経過した。

この日は私にとって、初めてのお仕事日。大使の奥様のランチ会に招かれているのだ。

日本にいるときに、博巳さんが買ってくれたワンピースは春夏物なのでまだ着られる。いい品なので、博巳さんのご両親の挨拶のときにしか着ていない。パンプスと靴もひとそろえあるので大丈夫。髪の毛はきちっとまとめ髪にした。ヘアアクセサリーが何もないと気づいたけれど、あまり飾り立てなくてもいいだろうとそのままにする。

昼前に迎えの車が来た。大使館が契約しているイタリア人運転手さんだ。

ランチ会は大使の家である大使公邸で行われるらしい。てっきり外部のリストランテに行くのかと思っていたが、日本から同行している大使公邸の専属シェフが腕を振るってくれるそうだ。

大使公邸は大使館の敷地内にある国も多いそうだが、イタリアはローマ郊外に立派な邸宅があった。黄色っぽいクリーム色の建物に到着すると使用人の女性がレセプションルームに案内してくれた。二十人ほどが入れる部屋だ。ちらっと見えたけれど、この部屋以外にもソファのある応接間やパーティールームのような広間が一階にあるので、大使の住まいはただの住居ではなく公的な客人も招けるようになっているのだろう。

すでに職員の奥様たちが何人も集まっていた。

「あら、あなたね。ようこそ」

最奥の席にいた白髪の上品そうなご婦人が立ち上がった。彼女が大使夫人なのはすぐにわかった。私は歩みよって頭を下げた。

「本日はお招きいただきありがとうございます。加賀谷の妻の菊乃と申します」

「日本からようこそ。故郷から離れ、心細いこともあるかもしれませんが、助け合っていきましょうね」

優しい言葉に安堵したのも束の間、席に着く前に他の奥様から声がかかる。参事官の奥様のようだ。

「ずいぶんお若いのねぇ」

「あ、二十五歳になりました」

「お若いわぁ。学校を出てまだ何年も経ってないわねぇ」

すると他の奥様が声をかけてくる。

「学び舎はどちら？　誰か、先輩がいるかもしれませんよ」

学び舎……学校のことだろう。私はなるべくはきはきと答えようと笑顔を作る。

「私は山陰の生まれで、高校まではそちらに。上京して、『小和田外国語短期大学』に入学しました」

しん、と部屋が静まり返った。奥様たちの間に妙な沈黙が流れる。気まずいというか、困ったというか、そんな空気なのだ。

別の奥様が「聞いたことのない学校ねえ」とつぶやき、他の奥様が「しっ」と言葉を止める。

どうやら私の学歴は、ここにいる奥様たちとは大きく違うようだ。

「学校なんてどうでもいいじゃありませんか。さ、お昼にしましょう。お席に着いて」

大使夫人が場をとりなそうと口を挟んでくれるけれど、学校について尋ねてきた奥様が苦笑いで言う。

「ふふ、ほら、ここには『桜葉女学院』のOGが多いでしょう。だから、つい」

「あら、『神戸杉陽』の派閥もいることをお忘れなく」

「どちらのグループか気になっちゃったのよねえ」

奥様たちは口々に言って、楽しそうに笑う。桜葉女学院も神戸杉陽も、聞いたことがある名門女子校だ。確か幼稚舎から大学まであって偏差値も高い。

おそらくここに集う奥様たちは、皆それなりの家柄の生まれなのだ。幼い頃から淑女として教育されてきた生粋のお嬢様。

私とは根本的に違う。

末席に着き、気詰まりなランチ会は始まった。奥様たちは学生時代の話題に花を咲かせ、さらには服飾や芸術の話題で盛り上がる。私にはほとんどわからない会話だった。

もちろん途中何度も話を振られたが、彼女たちが興味を持つような返しは私にはなく、結局微妙な空気になるだけだった。

私の母校が偏差値的にさほど高いところでも有名なところでもないのは知っていた。だけど、私にとっては大切な学びの場だった。彼女たちには聞いたことのない学校でもだ。

きっと彼女たちにお弁当屋さんの勤務について話しても苦笑いをされるだけだろう。博巳さんのためにも黙っていたほうがいい。

同じ人間なのに、見てきたものが違うとこんなにかみ合わないものなのか。

博巳さんとかみ合うのは、きっと博巳さんが私に合わせてくれているから。

(博巳さんに会いたいな)

ランチ会の二時間ほど、私はそんなことばかり考えていた。

夕方に博巳さんが帰宅してきたのは声でわかった。私はソファでぼんやりしていて、窓の外はすっかりオレンジ色だった。イタリアの空の色ははっきりしていて、オレンジ色も濃い。

「ただいま」

「今日はランチ会だったんだろう。お疲れ様」

ジャケットを脱ぎ、ハンガーにかけながら博巳さんが声をかけてくる。

私はうつむいた。昼過ぎに帰宅してから、ずっとこのソファにいたので身体がこわばっている。それでも今日の不首尾は報告しなければならないだろう。

「うまく、できなかった気がします」

私の答えに、博巳さんがこちらを向いた。私の様子がおかしいと思ったようで、歩み寄ってくるとソファの隣に座った。

「どうした？　何かあったのか？」

「何があったわけでもないんです。ただ、私……お話についていけなくて浮いていたなあって。皆さん、育ちのいい上流って感じの女性ばかりで……」

私は向き直り、博巳さんに頭を下げた。

「妻としての最初のお仕事だったのに、うまくできずにすみませんでした」

「なんで謝るんだ」

「だって、博巳さんの役に立つために、結婚したのに……イタリアに来たのに」

全然上手にできなかった。博巳さんの面子をつぶしてしまったようなものだ。

唇をかみしめる私の頭を博巳さんがぽんぽんと優しくたたく。

「菊乃は充分頑張ってくれている。語学やマナーを学び、日本から遠く離れた土地に一緒に来てくれた」

「でも、協調しなければいけない場面で……できませんでした」

「気にしなくていい」

博巳さんは見かねた様子で私を抱き寄せた。まわされた腕は柔らかく、大事なもののように抱きしめられると、涙が出そうになる。そんなに優しくしないでほしい。

「大使夫人も参事官や書記官たちの夫人も、菊乃から見たら別世界の人に見えるかもしれない。だけど、菊乃は気おくれしなくていい。きみはそのままでいてくれたらいい」

「博巳さん」

「俺がきみを選んだんだ。きみが嫌な思いをしたなら、責任は俺にある」

博巳さんのせいじゃない。ただただ、自分がふがいないだけだ。かぶりを振る私を覗き込み、なだめるように博巳さんは語りかける。

「交流や公式の場など、嫌なときは遠慮せずに言ってくれ。菊乃にストレスを与えたくて連れてきたわけじゃないんだ」

「いいえ、博巳さん」

私は必死に答える。優しさは嬉しい。だけど、甘えてしまいたくない。

「私なりに、協調できるように頑張ります。博巳さんの妻としてふさわしい態度を心掛けます。すぐには無理かもしれないけど、博巳さんの役に立ちたいから」

博巳さんはふうと息をついて言った。

「菊乃が隣にいるだけで、充分すぎるくらい役に立っているんだけどな」

その言葉の真意を問いただす間もなく博巳さんは私の身体を解放した。ソファから立ち上がり、キッチンへ向かう。

「さあ、夕食をどうしようか。一緒に考えよう」

すっかりしょぼくれた私のために、この日の夕食は博巳さんが日本から持ってきた材料でお味噌汁を作り、鍋でお米を炊いてくれた。

ふたりで食べた日本の味は、ホッとする優しさだった。

この件をきっかけに博巳さんは私を休みのたびにあちこちに連れて行ってくれるようになった。

スペイン広場やトレヴィの泉、コロッセオなどはローマの市街地にある。ローマは街全体が大きな遺跡のようだ。広場は観光客や地元の人で賑わう一方、少し市内から出ると、日本よりずっと静かに感じられた。

ローマ市内で特に私が素敵だと思ったのはフォロ・ロマーノ、パラティーノの丘と呼ばれる遺跡群だった。広場や宮殿の跡、また排水設備などの生活の痕跡に、かつてのローマの繁栄を感じられる。

イタリアの深みのある青空に、そびえたつ遺跡群は美しく映え、自分がいる時代や国、世界がわからなくなるような錯覚を覚える。

博巳さんは私を元気づけようと、あちこち連れまわしてくれているようだった。その優しさに感謝を覚えながら、もっと自分の価値をあげていきたいと思った。

博巳さんにとって、契約してよかったと思うパートナーでありたい。

私の感じている彼への気持ちは言葉にすることはきっとない。だからこそ、信頼されたい。必要とされ続けたい。

それが私と彼の三年間を、よりよい時間にできると信じている。私の恋の昇華の仕方だと、思っている。

6　任務と事件

俺と菊乃がイタリアに渡ってひと月が経った。

大使館では表向きの業務である文化交流のため、日本にいる時分から準備していた和太鼓コンサートのイベントを進めていた。プロの和太鼓集団は国内外で人気があり、海外コンサートも何度か経験がある。今回は外務省バックアップによる初のイタリア公演。彼らもやる気充分だ。

また、イタリア政府側も非常に好意的だ。現在の首相が親日家ということもあり、ローマ市内のホールを借りて公演が決まった。年代ものの建物が多いローマの中では数少ない近代建築のホールである。当日はホール前の広場で日本風の屋台が営業できるよう手配した。

そういった状況で、俺の表向きの仕事は非常に順調である。

裏の仕事……というと少し語弊があるが、所謂情報収集の仕事はこのコンサート関連で出会う人々と信頼関係を築くことからスタートである。打ち合わせや会食を通じて担当者や関連の議員たちと仲良くなる。そして、現在の国内の情報を取るのだ。

新聞やネットなら日本でも見られるが、現地の人間と話さないと出てこない情報は多くある。そして今回の業務でターゲットとなる複数の人物のうち、ひとりと接触が叶いそうであるとわかった。

ジャコモ・ヴァローリという議員で、こういったイベントごとには顔を出すことが多いそうだ。首相とは同じ党に所属しているが現政権には批判的。次回の選挙では党内に別の候補者を擁立する可能性がある。

日本としては親日の現政権の継続は都合がいいが、ヴァローリが擁立する候補者はヴァローリ同様排外主義で歓迎できない。このあたりの情報がほしいのである。

今回のイベント担当者との打ち合わせでヴァローリの名はすぐに出てきた。どうやらイベントで使用するホールの建設にひと役買ったのがヴァローリらしく、文化事業にはどこにでも自分が顔役とばかりに出てくるそうだ。イベントの前に挨拶のための会食を設けたいと提案すると、担当者は乗ってきた。これはターゲットにぐっと近づくいい機会になりそうだ。

「日本の大使館職員に気さくに話してくれる男じゃないぞ」

この日、俺は堂島さんと近くのバールで夕食を取っていた。堂島さんのよく行くバールは地元民が使う店で、観光客らしき姿がほとんどない。日本語で会話していても、周囲は誰も意味がわからないだろう。一日中、カフェでもアルコールでも飲める店なので、昼間に何度かスタンドでエスプレッソを飲んだことがあるが、テーブル席に着くのは初めてだ。

「そうでしょうね。友好的な関係を築きたいわけではないので、いいですよ」

俺はビールグラスを傾ける。

「どこの世界にもいる目立つ場には顔を出したがるお偉いさんのようです」

「あー、いるな。そういうおっさん」

「扱いは心得ているつもりです」

俺の言葉に堂島さんが笑う。

「媚を売っておべっか使って、機嫌よく過ごしてもらうってヤツか」

「まあ、ざっくり言うとそうですね。それに本人よりもその周囲と仲良くしておいた方が情報は入ってきますので。目的は議員の周辺です」

「秘書は口が堅いぞ」

「そんなに直接的にはいきませんよ」

来週末、会食で会う予定であると話すと堂島さんが尋ねる。

「奥さんには何も話していないんだろう」

「はい。彼女にも同行してもらいますが、イベントに力を貸してくれる有力な議員との会食だと思っています」

菊乃には当初の計画通り、一切俺の活動については話していない。

万が一トラブルに巻き込まれたとき、彼女にまで累が及ぶのを避けるなら、言わないほうがいいという考えは今も変わっていない。

「まあ、俺も何かあったときのことを考えて嫁と子どもを置いてきてるしな。おまえの判断は正しいよ」

「一般職員と思っておいてもらった方が安全です。……それに妻を不安にさせたくないんですよ。海外生活に夢を見てついてきてくれた妻に、実は夫が諜報活動をしていたなんて知られたくないでしょう」

堂島さんは少し考え、口を開いた。

「加賀谷の奥さんは若いがしっかりした女性に思えたぞ。彼女なら、何かあっても受け入れてくれるんじゃないか？」

「そうかもしれませんが、俺が嫌なんですよ。彼女にはひたすらに楽しく暮らしてほしい」

自分の仕事を恥じるつもりは一切ない。外務省における俺の仕事は特殊でありながらも、非常に重要な職務であると理解している。

それでも、諜報活動という裏の側面を、彼女が知る必要はない。

堂島さんと別れて帰宅すると、菊乃はパソコンで実家の両親へメールを打っていた。時差があるので、電話よりメールが便利のようだ。なお、郵便の事情が悪いため、彼女の両親からの手紙が届かなかったこともある。インターネットは日本との通信にはなくてはならないものだ。

「菊乃、ご両親は元気か？」

「ええ、相変わらず元気です。伯父のところも、変わりないようですよ」

ふと、画面が見えてしまった。菊乃宛のメッセージには『結婚式』の文字が見える。

「菊乃、すまない。見えてしまった。ご両親は結婚式をした方がいいと思っていたりするのかな」

菊乃は焦ってメール画面を閉じ、それから困り顔で俺を見つめてきた。

「あは、なんか、『イタリアはおしゃれな教会やリゾート地があるんだから、イタリアにいるうちに結婚式を挙げたほうがいい』とか言うんですよ。私たちの事情を知らないから好き勝手言ってるんです」

「それは、ご両親もイタリアに来たいという意味だろうか」

「いえいえ、私たちが式を挙げるならそれでいいから、写真だけでも送ってほしいって。娘のウエディングドレス姿だから～とか。親の我儘だとは本人たちも言ってます」

俺は少なからずショックだった。

結婚式という大事なイベントをスルーしたのは、契約婚でそこまでしてしまっては、菊乃が引いてしまうのではないかと思ったのもある。

しかし、考えてみれば親は子の晴れ姿を見たいものだ。うちの両親などは結婚自体を諦めていた三十代半ばの息子の結婚式などしてもしなくてもいいという考えだが、菊乃の両親はひとり娘の幸せな花嫁姿を見たいのだ。当然のことなのに、義両親の意見を一切聞かなかったのは婿としてよくなかった。

「両親は、契約婚だとは知らないでしょう。だから、気にしないでくださいね」

「菊乃はどうだ？」

俺はあふれそうになる想いと言葉を抑え、低い声で尋ねた。

「菊乃はウエディングドレスに興味はあるか？　着物でもいい。結婚式というものをしてみたいと思うか？」

「それは……人並に興味はありますよ。でも、お金がかかることですし、契約婚の私たちにはそういう思い出があっても……いずれ離れるわけですし」

離れなければいい。俺とずっと夫婦として暮らせばいい。

そんな言葉が口をついて出そうになった。駄目だ。ここまでじっと我慢して、菊乃の信頼を得てきたのだ。菊乃が俺を見てくれる可能性があるなら、絶対に離したくない。今は焦って距離を縮めすぎないようにしなければ。

「実は俺の両親も結婚式はしてほしいと言っていたことがある」

完全に嘘ではない。ただそれは、俺が二十代の頃『いつか誰かと結婚するなら結婚式は見たい』とちらりと言っただけの話だ。現在の両親はもうそんなことは思っていないだろう。

「ただ、菊乃にとってウエディングドレスは特別なものだろう。俺と……その契約が終わったあとに、誰かと着ることもあるだろうし……」

「わ、私はたぶん……たぶんですけど、博巳さんとの結婚が最初で最後の結婚ですよ」

菊乃の言葉に心臓が跳ねた。いや、期待をするな。それは俺との生活を続けたいという意味ではない。

「あまり恋愛に興味もあるほうじゃないですし。ご存じの通り、男性経験もないですし。博巳さんとの契約が終わって、誰か次の相手を探して……なんて考えないと思います。だから、両親にウエディングドレスを見せるにはいい機会だとは思うんですが……博巳さんのご両親もなんですか？」

「ああ、どうやら俺たちは結婚式をした方が互いの両親を喜ばせられそうだな。少し考えてみようか。どうだろう」

張りきった口調になりそうになるのを必死にこらえ、あくまでも業務上必要なことであるといわんばかりに提案する。

「はい……、三年イタリアにいるうちに……どこかで計画をしましょうか」

菊乃は困った顔をしていたが、まんざらでもなさそうだ。やはり、女性としてウエディングドレスは特別なのだろう。菊乃曰く、最初で最後の予定である結婚式の相手が俺。夫婦になっておいて今更なのだが、ものすごく嬉しい。

「両親にはまだ黙っておきます。やっぱりイタリアまで行く！なんて言い出しかねないので」

苦笑いで立ち上がった菊乃は俺に紅茶でも淹れてくれるつもりなのだろう。キッチンに行きかけた彼女の腕をとらえた。

「菊乃」

ここまで耐えてきたが、どうしても我慢できず菊乃の柔らかな身体を抱き寄せる。

ベッドの中で毎晩理性を総動員しながら抱き寄せる身体は、もう感触もすっかりなじんでいるのに、俺のものではない。俺のものにしてはいけない。

「今日のハグだ」

愛しい気持ちを押し殺すと、極端に低いささやき声になってしまう。菊乃がくすぐったそうに身をよじった。

「わ、もう博巳さん驚きますよ。急に」

そう言いながら、俺の胸に顔を押しつけてくる。おかしくなりそうに妻がほしくて、続けてささやいた。

「きみのウエディングドレス姿を想像したら、抱きしめたくなった」

その言葉は本心で、抑えきれずあふれていた。駄目だ、もっとあふれそうになる。焦る気持ちと訂正したくない気持ちがせめぎ合う。

「からかわないでください。私、スタイルよくないですし、お腹もぷにぷになので、似合いませんよ」

「こうして抱きしめているとスタイルが悪いとは思えないけれどな」

俺の声ににじむ欲に菊乃は気づいてしまっただろうか。ここから先は止まれなくなる。精一杯の理性で、俺は菊乃から身体を離した。

「シャワーに行ってくるよ」

「あ、あの紅茶を……」

「風呂から出たらもらおうかな」

俺は欲望でくらくらしそうな頭を抱え、急いでシャワーに向かった。これ以上、菊乃と接触していては何をしてしまうかわからない。

その晩、ひとつのベッドで休むとき、俺はかすかに落胆していた。

一日一回のスキンシップは先ほど済ませてしまった。毎晩、スキンシップの名のもとに、菊乃を抱きしめて過ごす夢の瞬間が終わってしまっているのだ。

「おやすみ、菊乃」

背中を向けて横になると、すぐに背に柔らかな感触と熱を感じた。菊乃が後ろから抱き着いているのだとわかり、鼓動がすさまじい勢いで鳴り響きだした。

「ご、ごめんなさい。最近毎晩習慣だったので。なんとなく……寂しくて」

「そうか」

俺はくるりと寝返りをして、菊乃に向かい合う。暗闇の中でも菊乃の顔がうっすら見える。

「ホームシックですかねえ。あはは、すみません」

一生懸命そんな説明をする菊乃に、愛がどんどんあふれてくる。もしかして、本当にわずかだけれど、菊乃は俺に親愛以上の気持ちがあるのだろうか。

俺以外と結婚の予定はないと言い切った菊乃に、期待をしてしまいそうな自分がいるのだ。

「無理もない。イタリアはいい国だが、生まれ育った日本から離れているんだ。ホームシックにもなるさ」

「博巳さんは心細い感じになりません？　あ、博巳さんは以前もこうして海外にいたんだった。じゃあ、ならないですよね」

「いや、俺だって寄る辺ない気分になる。でも、今は菊乃がいてくれるから」

菊乃の両頬を包む。このままキスをしたら、菊乃はどんな顔をするだろう。唇ではなく額に唇を落とした。

菊乃はびくんと身体を震わせたが、じっとされるままになっていた。

「寂しく、不安なら、俺を頼りにしてほしい。俺がきみを頼りにしているように」

「博巳さんは私を頼りに思ってくれるんですか？」

額のキスを菊乃は嫌がらなかった。ただ、くすぐったそうに目を細めている。

「もちろんだ。菊乃が隣にいてくれるだけで、なんでもできるよ」

「そんな言い方、駄目です。女子は誤解しますよ」

「誤解されてもいい」

きみが好きだ。ずっと好きだったから、妻にと望んだ。日本から連れ去って、ここまでやってきた。

「菊乃、俺にとってきみが特別なのは……もうわかっているだろう」

「私たち……パートナー……相棒で……その……」

菊乃の心が閉じていないのが伝わってくる。暗闇の中、揺れる瞳はけして俺を拒絶していない。

無理にでもキスをして組み敷いてしまえば、俺たちは男女の仲になれるのかもしれない。

だけど、このタイミングでそうしてしまっていいのか？

契約で結ばれた俺たちの関係を、一息に飛び越える関係を結んでいいのか？

「博巳さんのことが大事です」

好きだと言おうと口を開きかけたら、彼女の言葉が先に出た。

それはまだ気持ちが固まっていないという意思表示に思えた。実際、菊乃はわずかに俺から距離を取った。

嫌われているわけじゃない。俺の熱い想いほどじゃないが、菊乃の中には俺への感情がある。それが夜の暗闇の中で静かに伝わってくる。

俺は意を決して彼女に告げた。

「菊乃、今度のコンサートできみにもいろいろと手を借りることがある」

話が変わったせいか、菊乃がきょとんとした顔になる。俺は構わず続けた。

「来月のコンサートが終わったら、結婚式や……きみとのこの先について話をしたい。いいか？」

俺の問いに、暗闇の中で菊乃の目が丸くなり、次にじわりと潤むのが見えた。拒否ではない。嬉しそうに細められた目と笑顔で、俺は胸が熱くなった。

「はい。私もお話がしたいです」

「まずは、来週末、会食の同席を頼みたい」

「はい！　私、博巳さんの役に立てるように頑張りますからね」

そう言って、菊乃は再び俺の腕の中に飛び込んできた。自分から距離を取ったのに、また無邪気に飛びついてきて。俺の理性はそろそろ限界だが、菊乃と未来への約束ができたことが嬉しかった。

「ほら、眠ろう。おやすみ」

ぎゅっと抱きしめ、もう一度額にキスをすると、菊乃は嬉しそうに笑い自分のスペースに戻って行った。

俺たちの契約婚は、新たなステップに進めるかもしれない。だって、腕には菊乃の温度が残っている。心には菊乃の気持ちが染みている。

ヴァローリ議員との会食は日本大使館の仕切りで行われることになった。イベントに合わせて会食の場もローマ市内の和食料理店を借り、日本人のシェフに腕を振るってもらった。

関係者とその配偶者やパートナーがそろうと三十名ほどの会食となった。なお、ヴァローリ本人は離婚歴があり、公式の場に連れてくるパートナーはいないそうだ。

『生の魚はあまり好きじゃないが、スシは嫌いじゃないな』

ジャコモ・ヴァローリは実際会ってみると、気さくにも思える男性だった。偉そうにふんぞり返っている議員を想像していたが、自分から率先して会話を盛り上げている。口ひげを蓄えた笑顔も恰幅のいい体格も、親しみやすい好人物に思えた。

『カガヤ、今回は面白そうなイベントをありがとう。日本人の心とイタリア人の心はきっと近しいものがある。ワダイコの響きで、私たちはもっと仲良くなれるよ』

『ありがとうございます。ヴァローリ先生のお力で、多くの人が楽しめるイベントになると思います』

『任せておいてくれよ。私はこう見えて少し偉いんだ』

わざと傲慢なことを言ってみせるのもチャーミングに見える男性だ。現在の政権トップと反目し合っているというのが嘘の情報ではないかとすら思える。目の前にいるのは陽気なイタリア人紳士だ。ヴァローリに近しい後輩議員や党の人間と親しくなる予定だったが、意外にも本人がいち大使館職員に好意的な態度を示し、近づいてくるのだ。

『カガヤ、きみのヤマトナデシコもスシは握れるのかい?』

ヴァローリに尋ねられ、俺は笑顔で答えた。

『スシは自宅で食べるものではなく、店で職人が握るものなんです。妻の得意料理は……』

『煮魚と唐揚げです。ご存じですか? ヴァローリ先生』

菊乃があとを引き取って喋った。彼女はイタリア語を日常会話程度に習得している。たどたどしく聞こえたのは、緊張していたからだろう。

『唐揚げ、聞いたことがある。フライドチキンの種類だろう』

『ええ、似ています。スパイスとお醤油で下味をつけて、カラッと二度揚げするとおいしいんですよ』

先ほどより流暢なイタリア語に、ヴァローリが目をみはった。思ったよりも会話になったと思っているのだろう。

『ぜひ、食べてみたいな。カガヤ、フードワゴンが出るんだろう。唐揚げはあるだろうか』

『先生がそうおっしゃるなら、なくても用意いたしますよ』

会食は菊乃のおかげもあって、和やかに進んだ。

菊乃は契約上、俺の役に立つのが一番の仕事だと思っている。そんなに気張らなくていいと言っているけれど、今回の活躍はおおいに菊乃に感謝をしよう。きっと彼女も喜ぶはずだ。

会食も終盤、席をはずしたヴァローリをそれとなく追いかけた。世間話ばかりで、彼自身の思想や現政権に対する考えなど政治的な話はしていない。もしふたりになるチャンスがあれば、それとなく尋ねてみよう。あとは、あまりに好人物すぎて、裏の顔があるなら知りたくなってきたといったところか。

ヴァローリはリストランテ内の喫煙可能な中庭のテラスに出て葉巻をふかしていた。横には秘書と本件の担当者がいる。これはふたりで話はできなそうだと思いつつ、柱と木の陰に身を潜めた。内緒話があるなら聞いておこう。

『面白くない連中だな』

ヴァローリは先ほどの親しみやすい笑顔はどこへやら、陰険な顔つきでぶつぶつ文句を垂れ始めた。所謂アジア系への差別の用語を連発し、実績になるから仕方なく顔を出してやったと強調している。

本件の担当者は俺とやりとりしている男性だが、差別的な人間ではない。ヴァローリの機嫌をうかがいつつ、来てくれた礼を何度も述べている。

なるほど、なんともわかりやすい裏の顔。日本人のいないところで好き勝手言っているのだから、やはりこういう男だったようだ。

すると、ヴァローリの許に見知らぬ男が近づいてきた。音もなく現れたので、驚いたくらいだ。風体を見ると秘書のようにも見えるが、こちらがリストアップしたヴァローリ周辺の人物ではない。当然、今日の会食にも参加していない。

『きみは下がってくれ』

担当者をテラスから追い出すと、ヴァローリは秘書ともうひとりと、書類とタブレット端末を交互に見ながら話している。

『ルース島の件です。品はまとまりました』

『期日は』

『運搬ルートと日程はこれです。当座、市街の倉庫に入れます』

何やら物流の話をしている。男に南イタリア方面の訛りがあると感じたが、もっと気になったのはルース島という単語だ。シチリア島近くの小島で、島全体をマフィアが根城にしていると聞く。少なくともヴァローリのような議員に用事のあるところではない。

もしかしてヴァローリにはさらなる顔があるのかもしれない。

現政権に批判的で、次なる首相は自分の派閥から駒になりうる人材を出したいと考えている。それだけの男ではないのかもしれない。

『倉庫は第二の方にしろ。手入れが入ったばかりで当分は安全だ』

『わかりました』

運搬……何かをローマ近郊に運び込んでいるのか。手入れというのも気になる。

麻薬か、武器か。どちらにしろ、俺の仕事は推測抜きで今得た情報を日本へ報告するだけ。情報の精査は上の仕事であり、その情報をどこにもたらせばいいかも上が考えることだ。

彼らに見とがめられる前に、そろそろ戻らなければならない。あとから来た男だけ方言や顔の特徴を覚え、そっとテラスを離れた。

会食が終わり、リストランテの門扉でヴァローリを見送る。そのときだ。菊乃が小走りに駆けていき、ヴァローリの秘書に何かを手渡した。ヴァローリが車に乗る瞬間だったので、多くの人間が菊乃と秘書の方は見ていなかった。しかし、秘書が顔色を変えたのが俺には見えた。

菊乃は何を渡したのだろう。

妙な胸騒ぎから、車が行ってしまうとすぐに俺は菊乃を呼んだ。手を引き、玄関脇のランプの下で彼女を見下ろす。

「さっき、ヴァローリ議員の秘書に、何か渡したね？　あれは？」

「メモです。別の秘書さんが、落としたので」

「別の秘書？」

「会食中にトイレに行ったときに、ヴァローリ議員がふたりの秘書さんと廊下を歩いていたのが見えたんです。トイレから戻ろうとしたら、会食に参加されていない秘書さんがちょうどリストランテを出るタイミングで、ポケットからメモが。追いかけたんですけど間に合いませんでした」

それでもうひとりの秘書にそのメモを渡したというわけか。俺は嫌な予感を覚えた。自然と眉間にしわが寄る。

「菊乃、そのメモにはなんと書かれていた？」

「え？　メモに、ですか？」

俺の様子の変化に、菊乃が狼狽した様子で答える。

「のぞき見になってしまわないようにほとんど見てませんけど。ルース島と書かれていて……あとはイニシャルみたいなアルファベットと数が……」

ルース島、やはり先ほどの話に関連するメモだ。菊乃が触れた情報は、内容次第ではかなり大きな意味を持つ。

「ごめんなさい、ほとんど思い出せないです。ちらっと見えただけで」

菊乃は視線をうろうろさせ、小首をかしげ、一生懸命思い出そうとしたあとに俺にそう言った。菊乃の話も併せて、真野室長に報告を入れよう。

一方でぞっとするような事実も感じていた。この状況は菊乃を巻き込んでいる。

「ほかに何か覚えていることはあるか？　少しでもいい」

鬼気迫る俺の様子に、菊乃があきらかにたじろいだ。困惑したように俺を見つめ、それからこくんと喉を鳴らすのが見えた。

「博巳さんの……お仕事にかかわるんですか？」

「ああ、大事なことなんだ」

「博巳さんの本当のお仕事ってなんですか？」

俺ははっとして菊乃から離れた。菊乃の瞳が不信に揺らいでいたのだ。

巻き込んだ上に、不信感を与えてしまった。

隠し通そうとして、菊乃は納得するだろうか。そんなことをすれば、いっそう菊乃は俺を信じられなくなるのではないか。

「……家で話そう。もう少し待っていてくれ」

それだけ言って俺は菊乃から離れた。会食に集まった参加者を見送らなければならない。

ヴァローリの秘書は菊乃がイタリア語を話せると知っている。その上で、メモを見られたと思っているのだ。ヴァローリに犯罪者としての顔があった場合、菊乃の立場は明らかにまずくなった。

会食会場から直接帰宅すると、リビングの卓についた。菊乃は会食用のワンピース姿のまま、俺に紅茶を用意しようとしている。

「俺がやる。着替えてくるといい」

「いえ。私が」

菊乃は不安そうに見えた。紅茶をふたり分淹れると、あらためて向かい合って座った。

俺はある程度覚悟を決めていた。

「菊乃、きみが今日見たメモは重要な情報かもしれない。あとで覚えているだけ書き起こしてほしい」

俺の言葉に菊乃はいっそう困惑している様子だった。言うつもりはなかった。しかし、菊乃はもう巻き込まれていて、俺の言動や行動をおかしいと思っている。

「きみが考える通り、俺の仕事は日本とイタリアの文化交流だけじゃない。本来の業務は、イタリア政府の情報収集と、政府内要人の情報を集めることだ」

「それは……諜報活動……スパイってことですか」

「公的であり、違法性はない。対人や現地での情報収集的側面が強いと思っている。それでも諜報活動であることに間違いはない」

菊乃がしんと黙った。夫に裏の仕事があり、それがスパイじみたものであれば、驚くのも無理はない。だから言いたくなかった。

「ジャコモ・ヴァローリは情報を集めたい要人のひとり。政権に批判的で、現政権を続行させたい日本サイドには都合が悪い存在だ。しかし、今日実際に会い、俺の聞いた話ときみの見たメモを総合すると、彼にはさらに裏の顔があるようだ」

「裏の顔、ですか？」

「きみが見たメモにあったルース島という言葉。ルース島はあるマフィア組織の本拠地だ。もしかすると、ヴァローリはマフィアから何かを買いつけているかもしれない。武器なのか、薬物なのか。人身売買に関わっている可能性もある」

菊乃の顔がさあっと青ざめた。怯えさせたくはないが事実である。俺の責任だ。

「きみに言うつもりはなかった。いい気分はしないだろうし、不安を感じさせたくなかった」

言葉に迷うように菊乃は唇を薄く開けたが、すぐにぎゅっとかみしめた。なんとも言えないその様子に俺は楽しい時間の終焉(しゅうえん)を感じていた。

「信頼関係を損なったと思っている。すまなかった」

「いえ……私は」

「さらに面倒事に巻き込んでしまった」

俺は頭を下げた姿勢のまま言った。本当は口にしたくない言葉を。

「菊乃、きみは日本に帰国できる」

「え……日本に……？」

問い返す菊乃の声は驚きと混乱で泣きそうに聞こえた。その顔を見られずに俺は続ける。

「ヴァローリの秘書にきみはマークされた。きみがメモをろくに見ていなくても、向こうは見て理解したものだとしてきみを追うだろう。監視されるかもしれない。すぐに身に危険が及ぶようなものではないと思いたいが、いっそうきみは身辺に気をつけなければいけなくなった」

「そんな……」

「日本にまでは追いかけてこないだろう。俺の上司に話を通しておくから、帰国すれば組織が守ってくれる。安全だ」

菊乃は明らかに迷っているようだった。普通に考えたら帰国したいに決まっている。ただでさえ、俺たちは契約という関係で夫婦になったのだから。

その関係が変化しそうな矢先だったとしても……。

「何より、俺のことを信用できないだろう。危ないことを一切合切黙って、きみをイタリアまで連れてきたんだから」

漏れた言葉は自嘲的に響いた。菊乃のため、不安にさせないように黙っていた。

しかしそれは方便。結局のところ、菊乃についてきてほしかったから黙っていたのだ。楽しいことだけ提示してプレゼンしたのだ。契約違反なのは俺だ。

「博巳さん……私……」

「数日のうちに決めてくれると助かる」

俺はそう言って席を立った。

仕事道具や資料を置いてある方の部屋に入り、椅子に腰掛けた。片付けをする音や、シャワーの水音が聞こえ、やがて静かになった。

菊乃を解放すべきだ。

彼女が好きなら、安全な土地へ帰すべきだ。

それが俺のせめてもの償いだから。

7　離れたくない

朝がやってきた。ベッドに博巳さんの姿はない。リビングで物音がするので出勤の準備をしているのだろう。昨夜はおそらくソファで休んだのだ。

パジャマのまま寝室を出ると、ほとんど仕度を終えた博巳さんがいた。

「おはよう、ございます」

「おはよう」

博巳さんはさっと目を伏せ、鞄を持つ。

「行ってくるよ」

「はい。いってらっしゃい」

「今日は外出を控えてくれ。このマンションにいる限りは、安全だと思ってくれていい」

こちらに向けた背中は冷たく見え、まるで拒絶されているよう。目だってほとんど合わなかった。少なくとも今は対話をできる状況ではなさそうだ。

昨晩の出来事は少なからずショックだった。

博巳さんは文化振興のためにイタリアにやってきたんじゃない。スパイのような密命を帯びて、この国にやってきた。

妻が必要だったというのも、おそらくはカモフラージュだろう。私とあちこち出歩いたのも、ローマの街の調査や、政治的な情報収集の一環だったかもしれない。

そして昨晩は、博巳さんにとって目的の人物に会う大事な機会だったのだ。

私は妻としての役割を果たしたつもりが、知らず余計なことをしてしまった。機密事項らしいメモを見た上で、相手に返してしまったのだ。

私のせいで博巳さんまで監視対象になってしまったらどうしよう。彼の仕事の妨げになったらどうしよう。

私はひとり分のコーヒーを淹れ、ソファに座った。食欲がまったくない。

博巳さんの仕事について、驚きはしたけれど納得もした。外務省の職員だ。国の中枢にいる人だ。有事に関わる仕事をしていてもおかしくない。諜報活動という仕事も、ミーハー精神ながら格好いいと思う。

だけど、彼は私にそのことを明かさなかった。昨晩のことがなければ明かすことなく三年間の任期を終えるつもりだったのだろう。

「信用されていなかったんだ」

つぶやいた自分の声にいっそう悲しくなった。博巳さんは私に言う必要はないと判断した。そりゃあ、そうだよね。私みたいな素人が、意識して変な行動を取ったらいけないもの。

それなのに、私は勝手な判断で彼の足を引っ張ってしまった。

「いらないよね、こんな奥さん」

それでも彼は言ってくれた。自分の責任であり、私は悪くない、と。

帰国を勧め、安全も保証すると私を心配してくれている。

申し訳なくて死にそうだ。

博巳さんの役に立ちたくて、少しでも必要とされたくてイタリアに来たのに。

たぶん、私が選択すべきは帰国だ。日本に帰った方がいい。これ以上、ここにいても博巳さんのお荷物になるだけ。私がいなくなれば、彼も活動しやすくなるかもしれない。

ただそれは、私と彼の契約結婚の終わりを意味している。

私が妻でいる必要がなくなるのだから。

「博巳さんに言おう」

日本に帰る、と。それだけを伝えよう。

私の胸にあるこの想いは言わない。絶対に口にせずに帰国するのだ。

市場に買い物には行けない。博巳さんにも言われたが、昨晩のことがあったばかりで、ひとりで外出は避けるべきだ。マンションにあるのは、わずかな野菜とサラミ、パン、乾燥パスタだけ。この材料でソースを作り、博巳さんが帰ってきたらパスタをゆでようと決めた。

博巳さんはいつもより遅く帰宅した。昨日の件で、何かあったのだろうかと心配だが、うかつに聞けない。

「おかえりなさい」

「遅くなった。夕食は食べていないのかい?」

「一緒に食べようかと思って」

ジャケットをハンガーにかける博巳さんの背中を見つめ、私は思い切って口を開いた。

「博巳さん、私、日本に帰ります」

博巳さんはしばらく背中を向けたまま動かなかった。言葉も返ってこない。やがて低い声で「わかった」とつぶやいた。

それから、ゆっくり振り向いた彼の顔はどこかくたびれたように見えた。

「明日以降、上司に連絡して調整する。帰国の段取りがつくまではなるべくここから出ずに過ごしてほしい」

「わかりました」

「きみには不本意だろうが、その……、俺との離婚はもう少し待ってほしい。外務省の保護対象者として扱うためにも婚姻関係は簡単に解消しない方がいい」

離婚という言葉に胸がぐっと詰まったけれど、唇をかみしめ静かに頷いた。

「わかりました」

無言に耐えかねて、私は敢えて明るい声で言った。

「あるものなんですけれど、夕食ができますよ。食べましょう」

「ああ、……買い物も行けなかったよな。気が利かなくてすまない」

「いいえ！　あ、明日は買い出しをお願いしてもいいですか？　野菜とお肉を」

うつむいた彼の寂しげな表情を見ないように、私はキッチンに入った。大丈夫。食事をしたら少し元気が出る。

私と博巳さんのために、残された日々を平穏に過ごせるよう努力しなければ。ふたりでそれぞれ、先に進むのだ。

食事を終え、先にシャワーを浴びて寝室に入った。

とはいえ簡単に寝付けもせずに窓を開け、外を眺める。ローマの夜は東京の夜より静かな気がする。

この景色ももう少しで見納めになる。

よかったじゃない。イタリアなんてひとりでは来られなかった。英語を学び直す機会も、イタリア語を覚える機会も、この契約結婚がなければ得られなかった。

半年の短い結婚生活。

迷惑ばかりかけてしまった。結果として、私の不始末でこの結婚が終わる。

それでも思う。身勝手だけど考える。

私はすごく楽しかった。博巳さんの奥さんでいられて幸せだった。

本当は離れたくない。ずっとそばにいさせてほしい。

博巳さんはもしかしたら少しだけ、私を女性として……好意の対象に感じ始めていたのかもしれない。私がすべて台無しにしてしまわなければ、ふたりの間には新しい関係が育ったかもしれない。

いいや、もう考えるのはやめよう。

端(はな)から私は彼の契約相手。仕事として妻になった。それで完結させよう、この物語を。

「菊乃」

寝室のドアが開く音とともに名を呼ばれた。

シャワーを終えた、まだ濡れ髪の博巳さんがそこに立っていた。リビングの電気も落としているせいか、彼の顔は窓の月明りに浮かぶだけだ。やはり疲れた表情だった。

「どうしましたか？」

歩み寄ろうと一歩踏み出すと、彼はうつむいたまま言った。

「頼みがあってきた」

「頼み？」

「帰国したあとのことだ」

博巳さんはドアを閉め、私に近づく。手を伸ばせば触れ合える距離で向かい合う。

「菊乃、どうか誰のものにもならないでほしい。俺が任務を終えて帰国するまでの間」

その意味を測りかねている私の腕を博巳さんがつかんだ。視線が交わる。彼は今までに見たことがないほど必死で真剣な表情をしていた。

「きみを諦められない」

「博巳さん……？」

「だまし討ちみたいに連れてきて不信感を与え、ともにこの国にいられないと判断させたのは俺自身の責任だ。きみが日本に帰るのは、当然の権利だ。だけど……」

私の腕をつかんだ大きな手は熱く力強かった。綺麗な瞳が切なく細められる。

「もう一度チャンスがほしい。きみに信じてもらえるよう、愛してもらえるよう、努力する。失った信頼を回復するためならなんでもする。菊乃、きみが好きだ。俺は絶対にきみを諦めない」

驚いた。この人は、私に自分の仕事を黙っていたことを悔いているのだ。私の信頼を失ったと思っているのだ。

私に呆れたり、がっかりしたりしているわけじゃない。

私を愛しているから、日本に帰してやりたいと……。

私を……好きだと言ってくれた。

「三年、私を日本で待たせるということですか？」

「そうなる。待っていてほしいなんておこがましいな。だけど……」

「嫌です！　三年も待てない！」

叫ぶなり私は博巳さんの腕の中に飛び込んだ。

「離れたくない。私だって、博巳さんが好きだから。三年も離れたら息ができない」

大好き。博巳さんが大好き。

気持ちがあふれて苦しい。

「菊乃……嘘だ……そんな」

「嘘じゃないです。私は博巳さんを愛してます。だけど、私がお仕事を邪魔してしまったし、このままじゃあなたのお荷物にしかならないと思ったから日本に帰ろうと……」

言葉とともに涙がこぼれた。言うことはないと思っていた気持ちを直接博巳さんに伝えられた。彼が私を想ってくれているなら、伝えたかった。

「いや。離れたくない。博巳さんが私を嫌じゃないなら、そばに置いてください。ずっと一緒にいたい」

「嫌なわけがないだろう。ずっとずっと菊乃が好きだった。きみが弁当店の店長だった頃から、片想いしていたんだ。きみが困っているところにつけ込んで、きみの夫の座を手に入れた。きみに逃げられたくなくて、自分の本当の任務を隠してイタリアまで連れてきた」

「博巳さん……そんなに前から」

尋ねかけた言葉はキスでふさがれた。初めてのキスだった。

柔らかく重ねられたキスはすぐにお互いの唇の輪郭を溶かしてしまうほどに激しくなる。

「や、博巳さん」

「ごめん、きみは初めてなのに」

唇を離してささやく彼だけれど、その瞳も唇も名残惜しそうで、胸が甘くうずく。

「何があってもきみを守るから、俺の妻としてイタリアに残ってくれるか?」

「ええ。隣にいさせてください」

甘く重なった二度目のキスは誓いのキスだ。もう離れない約束。

「ここから先は、契約結婚じゃない。本当の夫婦として、きみに接する」

「そうして。本当のあなたの妻になりたい」

博巳さんが私を引き寄せ、いきなり横抱きに抱き上げた。驚く間もなくベッドに運ばれる。

優しくシーツにおろされ、言葉を封じるようにキスされた。舌を絡め、唇を食まれ、力がどんどん抜けていく。

ふにゃふにゃと腰砕けになった私を、博巳さんが戸惑いと欲をはらんだ瞳で見下ろした。

「若者のようにがっついて格好悪いよな。嫌だったか？」

「格好悪くないし、嫌じゃないです。博巳さんは全部格好いいんです」

とろけた目で見つめ返す私はきっと彼の欲を煽っている。もっと煽りたい。求めてほしい。こんな気持ち知らない。

「博巳さん、好き」

シーツに沈み、きつく抱き合う。幸せと興奮でどうにかなってしまいそうだった。

その晩、私たちは結ばれた。全身余すところなく彼の口づけをもらい、何度となく気が遠くなるような一瞬をもらった。

「ずっとこうしたかった」

熱を帯びた声でささやく博巳さんにしがみつき、私は幸福な酩酊感とともに意識を手放した。


翌朝、まだ夜も明けきらない時間に目が覚めた。身体がじんわり痛くて重たい。隣では博巳さんが寝息をたてている。

喉の渇きを感じて、パジャマの上だけ羽織り、ベッドを抜け出す。

足腰に響く鈍痛。寝室を出てキッチンでミネラルウォーターをごくごく飲んだ。

それから窓に近づき、薄暗い夜明けのローマを見つめた。初めてイタリアにやってきたときもこんな時間だった。

私と博巳さんは初めて結ばれた。予定外だけど、本当の夫婦になってしまった。

昨晩のことを思い出すと恥ずかしくて身体中が熱くなるけれど、とにかく何もかもが幸せだった。

私たち、両想いだったんだ。

博巳さんは、私を好きだから契約相手に選んだ……。思い返せば清原さんたちにした説明は、博巳さんの本心だったのだ。知らなかった事実に、ドキドキが止まらない。もう充分恋に落ちていたと思っていたけれど、彼の気持ちと与えられた熱に気持ちが深まっていくのを感じる。

私が見てしまったメモや、議員の周辺のことは、軽視してはいけない。イタリアにいる限り、私は警戒し続けなければいけないかもしれない。それでも、博巳さんといようと決めた。

彼が望んでくれる限り隣にいる。絶対に博巳さんと離れたくない。

「菊乃」

呼ばれて振り向くと、寝室から博巳さんが顔を出していた。上半身は裸で、下だけルームウェアを身に着けている。

「起こしてしまいましたか？　はい、お水」

ミネラルウォーターのペットボトルを受け取り、博巳さんは手をつけずに私の身体を抱き寄せた。

昨夜の幸せな感覚と恥ずかしさがよみがえってきて、耳や首まで熱い。変なことはしていないと思うけれど、それを聞くのもおかしいし……。

すると、博巳さんが私の耳元でかすれた声でささやいた。

「目が覚めたら菊乃がいなかった。驚いた」

「あら」

「ゆうべのことが夢だったんじゃないかと不安になって」

私が羞恥で戸惑っていた一方で、彼は幼い子どものような不安を感じていたなんて。

先にベッドを出てしまったことを申し訳なく思い、彼の頬を両手で包んだ。

「ふふ、夢じゃないですよ。そばにいるでしょう」

私は覚えたばかりのキスを博巳さんの唇に落とし、それから彼の腰に腕を回した。

「まだ早いです。ベッドに戻りましょう」

ベッドに戻ると、博巳さんは私の身体を掻き抱いて眠ってしまった。そのあたたかな温度に安心し、私も再び眠りに落ちていった。

それから数日後、私と博巳さんは鉄道に乗り、サレルノを目指していた。ローマのテルミニ駅からサレルノまでは高速鉄道で二時間と少し。

この急な旅行は博巳さんが休暇を取り手配してくれた。

『少しローマから離れよう』

博巳さんが堂島さんらと相談して決めたそうだ。私が見たメモは、やはりそれなりの機密事項を含んでいるようで、ローマにいては当分ひとりで出歩くこともできない。また、こちらが監視などを意識していないように振舞うためにも、夫婦でのんきに旅行に行くのもいいだろうとのことだった。

和太鼓のイベントを目前に控えているのに、私のために申し訳ない。しかし博巳さんは『休めるときに休んでおくものだ』と余裕の表情だった。

高速電車は快適で、あっという間にサレルノに到着した。

「私、切符を買ってきます」

「俺も行くよ」

調べていた通り、バス会社のチケットを買うために駅の中の旅行代理店に向かう。

列に並び、カウンターでは私がスタッフに声をかけた。

『アマルフィまで行きたいんです』

『次のバスが間もなくだよ』

『バス停の場所も確認したいので教えてください』

サレルノもティレニア海に面した魅力的な街だが、今日の目的地はサレルノではなく、そこからバスで向かうアマルフィだ。有名な海辺の観光都市で、私も名前は聞いたことがあった。建築物もビーチも美しい街だそうだ。

鉄道が通っていないので、サレルノからはバスで移動となる。無事に私ひとりの力でバスのチケットを買うことができた。日常会話なら、現地の人の会話もだいぶ聞き取れるようになってきた。

「菊乃、発音がとてもよくなったね」

横で見ていた博巳さんに褒められ、私は照れてにやにやしてしまう。

「市場の人や、公共交通機関のスタッフは、わかりやすく話してくれるので。カフェで話しかけてくるおじいさんとか、年配の方の早口はたまにわからなかったりしますよ」

「それは俺も同じだよ」

そう言って、博巳さんはくすくす笑った。

バスはかなり混み合っていた。狭いジグザグの道を曲がるたびに景気よくクラクションを鳴らすので、結構驚く。道のりは一時間少々と聞いていたけれど、出発時刻が遅れたため、アマルフィの到着も遅れた。

「時間に縛られない旅行だから、こういうのもいいな」

博巳さんはあまり気にしていない様子で言い、私を見る。

「疲れてしまったか？」

「バスは少し。でも、この景色を見ると疲れも吹っ飛んじゃいますね」

岩肌の見える崖のあちこちに白やクリーム色の建物が立ち並び、ドゥオモと呼ばれる大聖堂が見えた。海には小型船舶がいくつも浮かんでいる。

観光客を乗せたバスや乗用車が海岸線の道路に並び、にぎやかな声がそこかしこから聞こえた。

ここに到着するまでの道はイタリアの田舎道で山と海がほとんどだったので、賑わいと活気に目をみはった。

「人気の街なんですね」

「これから行くポジターノはもっと人が多いそうだ。観光って感じでいいだろう」

博巳さんがくつろいだ表情だ。この旅行は私たちが結ばれて初めての旅行だ。新婚旅行みたいだと胸が高鳴る。

「荷物をホテルに置いて、出かけよう」

博巳さんが手配してくれたのはラグジュアリーなホテルだった。眺めのいい高台に位置した真っ白な建物は、荘厳にすら見える。海外セレブも利用するらしく、車から降りてくる客は、皆煌びやかだ。本当にこんなところに庶民の私が泊まってもいいのかしらと不安になるくらい。

チェックインをし、案内された部屋は海が見える広い部屋だった。おそらくこのホテルのスイートルームだろう。いったいどれほどの宿泊費がかかったのだろうと少々不安になるが、博巳さんが手配してくれたのだから、野暮なことは言わない。

「ハネムーン客に人気だという部屋がちょうど空いていたから」

博巳さんは少し恥ずかしそうに言い、私を見つめた。

「張り切りすぎたかな」

「私もハネムーンだなって張り切っていたので！　一緒ですね！」

彼の気持ちが嬉しい。贅沢していいのかな、なんて思うのはやめよう。私は博巳さんの腕にとびついて、腕を組んだ。

「新婚旅行って思っていいですよね。実は出発前からそわそわしていて」

「ああ、もちろんだ。息抜きにたっぷり楽しもう」

ホテルを出て、私たちは再びバス停へ。ソレント行きのバスに乗り、ポジターノという街を目指した。アマルフィの宝石と呼ばれるこの街は華やかで美しい街だった。アマルフィよりもリゾート地風で、さらに観光客が多い。高台から見下ろした街は、オレンジや黄色の外壁の建物も多く、切り立った崖に段々に並んだ様子はおもちゃのようだ。

私たちはイスラム風の黄色いドームのついた教会を回り、ホテルのリストランテで食事をした。

海岸線の道路は多くの人が歩いていた。十月はすでに海水浴のベストシーズンではないけれど、泳いでいる人はいる。博巳さんが手配してくれた船に乗り、海から見たポジターノの街はとても綺麗だった。ちょうど夕暮の時間が近づいていて、街の陰影を濃く美しく見せる。同じように観光船に乗っている人々も魅入られたように街を見つめていた。

「高台から見るのも海から見るのも綺麗だと聞いて。ふたりで眺めたかったんだ」

そう言って微笑む博巳さんは、心からこの瞬間を楽しんでいるようだった。私も楽しい。大好きな人と見たこともない美しい景色を見ている。

船から降りるともう夕方。バスに乗り、アマルフィへ戻った。アマルフィ観光は明日だ。

バスを降りると停留所近くの庶民的な食堂で食事をした。ホテルでも用意できるそうだけれど、地元の店の味を知りたいと希望したのは私だ。せっかくだから、イタリアにいる間にいろいろな地域の料理を食べておきたい。

ワインに合う魚介類の煮込みは、ローマではあまり見かけない。パスタとプディングでお腹を満たして店を出る。

ホテルまでは並んで夜風に吹かれながら歩いた。日中は暑いくらいだったけれど、夜はぐっと冷え込む。観光の疲労とワインで足元が少しだけふわふわした。それがまたいっそう非日常を感じさせた。

「明日はドゥオモ、天国の回廊、ラヴェッロという高台の街に行こう。アマルフィはあまり広くないから一日で全部回れる」

「楽しみ。今日のポジターノも綺麗でしたね。見たことない景色の連続で、まだ現実感がないですよ」

「もっと、あちこちに旅行をして、きみといろんな景色を見たいよ」

博巳さんがしみじみとした口調で言った。

「ふたりで、何度でも、新しい風景を」

私は背の高い彼を見上げ、頷いた。

「私も、博巳さんともっともっといろんな世界を見たい。綺麗だね、すごいねって言い合いたい」

「俺は今まで綺麗な景色を見ても、特に心が動かされるような感覚はなかった。でも、今日はきみと過ごして、すごく新鮮で嬉しかったよ。好きな人と同じものを見ることが、こんなに心を揺さぶるなんて知らなかった。初めての経験だった」

「素敵なものって共有したくなるんですね。抱く感想は違っても、同じものを見上げる瞬間が、きっと特別な体験なんだと思います」

そっと手をつなぐと、指を絡めて強く握られた。嬉しくて私も握り返す。博巳さんの手は大きくて、あたたかい。

「ふたりで宝物みたいな思い出を増やしていきましょうね」

「ああ」

博巳さんが顔を近づけてきた。観光客もまだ歩いているアマルフィの夜道。だけど、私も博巳さんも我慢できなくて、触れるようなキスをした。

月と海が私たちに寄り添っている。異国の海風が私たちの髪をなぶって通り過ぎていった。

アマルフィに一泊し観光したあと、サレルノに戻った。

サレルノでは大聖堂やアレキ城など定番の観光地を回り、旧市街地では陶器をお土産に買った。この日はサレルノのホテルに宿泊。ここもアマルフィのホテルに負けず劣らず素敵なホテルだった。ホテル内のリストランテも三ツ星とのことで、夕食はホテルでいただいた。よく利用するローマのリストランテや庶民的な食堂は、盛りつけが大胆でそこがまた食欲をそそるけれど、このリストランテのディナーは目にも鮮やかで、繊細。味はすべて美味しかった。

「は〜」

心もお腹も満足。部屋に戻ると、私はぼふんと勢いよくベッドに転がる。

そこまでしてあまりに行儀が悪かったと飛び起きた。あとから室内に入ってきた博巳さんが面白そうに笑っている。

「菊乃は、まだ俺に遠慮があるんだな。もっとそういう素の部分を見せてくれていいのに」

ベッドに腰掛け、私の顔を覗き込んでくる。

「見せてるつもりです。でも、……素を出しすぎて嫌われたくない……ですし」

「しっかり者の菊乃の気が抜けた姿を見てみたいけれどな。きっともっと好きになる」

「そんなこと言って！　がっかりしますよ！」

博巳さんの綺麗な顔が、少しだけいたずらを企んでいるように見えた。

あ、と思ったときには抱き寄せられ、ベッドに押し倒されていた。シーツの横に彼がひじをつき、間近く私を見降ろしている。

「もっともっと菊乃を知りたい。どんな姿でも」

「博巳さん、ち、近いです」

「敬語もいつまで経ってもやめてくれないね」

「そ、それは……」

私のペースで、少しずつくだけた口調にはなっているのだけど、いっきに敬語をなくすのは難しい。

「菊乃、きみは語学が堪能なんだ。ほら、練習だよ。俺に続いて言ってごらん」

「ひ、ろみさん？」

何度も肌を合わせていても、整った博巳さんの顔を間近で見ているとドキドキが止まらない。距離もべったりと近いし……それに練習って何？

「好きだよ……」

「私も、です」

「違う違う。繰り返して言ってごらん。『好きだよ』」

顔をいっそう近づけ、耳元で言うのだ。怪しいくらいに魅惑的な低音のささやきに、心臓が爆発しそうだ。

「好き、だよ」

「そう。次は『博巳、愛してる』」

「あ、『ひ、博巳、愛してる』……もう！」

そこまで答えて、とうとう耐え切れなくなった。私は博巳さんの胸をぐっと押し、憤慨した。

「面白がってるでしょう、博巳さん！」

「はは、ごめん」

博巳さんが明るく笑うと、しっとりと甘やかな空気は霧散(むさん)した。それから博巳さんはお詫びとばかりに私の頬に軽くキスを落とす。

「でも、もっと菊乃には油断してほしいし、俺に打ち解けてほしい。これは本音」

「私なりに、かなり博巳さんに打ち解けてます。でも、たぶん博巳さんが頼まなくても、私もっともっとあなたに夢中になって、あなたから離れられなくなる。変なところも見せるし、がっかりされてもあなたから離れられなくなってしまう」

博巳さんがわずかに目を見開き、今度は私の唇にキスをくれた。柔らかく食まれ、すぐに深く重ねられる。

「心配しないでくれ。俺もきみから離れられないんだ。どんなきみも好きだ。きみを俺だけのものにしておけるなら、なんだってできる」

熱い愛の言葉に胸がじんと温まる。ああ、私はこの人が好き。大好き。

「菊乃、今すぐほしい。いいか？」

「はい……。うん、私もほしい」

確認ももどかしく、私たちは夢中で互いの身体に手を這わせ、服をたくし上げた。

こうして私たちの旅行は終わった。

一時的にローマから離れるための旅行だったけれど、私にとっては忘れられないハネムーンとなったのだった。

8　きみを守りたい

和太鼓コンサートの期日が来週に迫っていた。週明けには演奏者やスタッフがイタリア入りする。

フードサービスのワゴンなど、同時開催のイベントも詰めの時期だ。

このイベントはほとんど俺が仕切っているので、自由が利く分忙しさもある。表向きの実績としてはおあつらえ向きの成果になるはず。少々大変だが、ここはふんばりどころだろう。

一方で、裏の仕事……ヴァローリ議員関連のことは少々きなくさい。

外務省の真野室長には報告をあげたが、現段階は引き続き情報収集を続けろとの指示。俺と菊乃が会食で見聞きした情報で確かなのはルース島という文言のみ。

推測の域を出ないが、菊乃が見たメモの内容は〝取引〟の一端だろう。俺が聞いた情報と同じか類似したものか。そんな重要なものを落としてしまったあの男はおそらくヴァローリの正式な秘書ではない。その後、あらためてヴァローリ周辺の人物を調べたが、俺が見た男はいなかった。それがメモの信ぴょう性を高めている。

目下一番の問題は菊乃の立場だった。

ヴァローリ側は菊乃がメモを見たと思っている。菊乃が会食時に流暢なイタリア語を披露しているのも裏目に出た。実際菊乃は、他人のメモは見ないという思考でメモを返したというのに。

菊乃には当分ひとりでの外出はやめてもらっている。買い物は俺と一緒にしているし、ガス抜きに旅行にも連れ出した。俺も菊乃も、警戒などしていないと見せかけるためだ。

念のため、堂島さんにも事の次第は話してある。防衛駐在官、所謂駐在武官である堂島さんは、イタリアの先輩でもあり、いざというときにフィジカル面でも頼りになる。

堂島さんと俺の共通見解では、ヴァローリ側は菊乃や俺を監視するかもしれないが、実際に接触するようなことはないだろう。大使館職員の妻に何かあれば、外交問題に発展しかねないからだ。

しかし、ヴァローリの直接の部下ではない人間……例えばルース島のマフィアや、その仲介に入っている組織は何をしてくるかわからない。彼らが事件を起こしても、ヴァローリ側は無関係だと言い張れる。

『動きがあったら、すぐにでも嫁さんを日本に帰す覚悟は決めておけ』

堂島さんにはそう言われた。

俺は菊乃といたいし、彼女もそう願っている。一方で、俺ひとりで彼女を守り切れないと判断したときは何を差し置いても日本に帰すべきだと思っている。菊乃の身の安全より優先すべきものはないのだ。

「博巳さん、お帰りなさい」

帰宅すると菊乃は笑顔で迎えてくれる。やっと気持ちを伝えられ、両想いだとわかったばかりの妻は今日もとても可愛らしい。

ろくに外出できないのは退屈だろうと不憫（ふびん）に思うが、最近はいっそう語学に力を入れて勉強しているようだ。

「菊乃、今日は外に食事に出ようか」

早い時刻の帰宅だったので、菊乃も夕食を作り始めている様子はない。ふたりでないと外出ができないのだから連れ出したかった。

「それならお買い物に行きたいです。食事は家で作りますよ」

「手間じゃないか？」

「料理も家でできる趣味ですからね」

菊乃は買い物用のかごバッグを手に、俺の腕に細い腕を絡ませてくる。自然に寄り添ってくれる一瞬に嬉しさが込み上げてくる。

マーケットもあるが、菊乃は近くの市場が好きなので出かけることにした。屋外市場は店じまいが早いが、屋内の市場で午後も開いているところへ向かう。

「イタリアに来てから、サラミにはまってしまって。いろんなお店の味を試したいんですよね」

「確かに菊乃はよく食べているな」

「お昼ごはんはだいたいサラミやハムと適当な野菜をパンに挟んで、サンドイッチにしちゃいますねえ」

菊乃をいつまで家に閉じ込めておくのか、俺もまだ決めかねている。ヴァローリ側が何もしてこないと確信できれば、多少監視がついても菊乃を自由にさせてやれる。しかし、菊乃が見たメモの内容がわからず、外務省がこの情報をどう扱うかもわからない以上、簡単ではないかもしれない。

「博巳さんは何が食べたいですか？　豚肉を買って焼きましょうか。売ってるのってだいたい塊のお肉でしょう。薄くスライスしてもらえるか聞いて、日本から持ってきた生姜チューブで生姜焼きを作るとか」

「菊乃、不自由をさせてすまないな」

菊乃はきょとんとしてからにこりと笑った。

「博巳さんと一緒にいられるから不自由でもなんでもないですよ」

そういえば、と表情を明るくする。

「昨日、博巳さんから渡された封書、大使夫人からのランチのご招待でした」

確かに昨日、大使から預かった封書を菊乃に渡している。大使から職員の家族へ贈り物があることもあるので、中身などは聞かなかった。

「この前は大勢であまりお話ができなかったから、ふたりでどうですかって。行ってもいいですか?」

「俺はいいけれど、菊乃は嫌じゃないか?」

以前のランチでは、他の職員の夫人たちに囲まれ、学歴やライフスタイルの差に気詰まりな時間を過ごしてきた菊乃だ。無理はさせたくなかった。

「ええ。大使夫人が気遣ってくださってるのに、私が気おくれしていてはいけないでしょう。それに、私は私。お嬢様でもないし、上流の学校も出ていないけど、ありのままの私でお話ししてきます」

明るくそう言う菊乃は、いっそう強く美しくなったと思った。俺の妻は自立した立派な女性だ。

「菊乃なら大丈夫だな。余計な心配だった」

「心配してくれて嬉しいですよ」

「外部のリストランテを使うことになっても、大使夫人と一緒なら護衛がつく。安心して出かけておいで」

菊乃は「はい」と元気に返事をした。

久しぶりの買い物はやはり嬉しいようで、市場では積極的に店員と会話しながら買い物をしていた。菊乃が愛しい。だからこそ俺の手で守りたい。

ずっとずっと離れることなくそばにいたい。

買い物を終えマンションに戻ると、菊乃は夕食を作ってくれた。精肉店に薄切り用のスライサーがなかったため、ブロック肉を一生懸命薄切りにして生姜焼きを作った。

俺は横でサラダを作る係を買って出た。

「トマトをたくさん買えて満足」

「余ったら、他の野菜と煮込むんだろう」

「ええ、保存も利くし、なんにでも合うし、便利ですよねえ」

スープをかき混ぜる彼女の横顔に、つい吸い込まれるようにキスをしていた。

こめかみへのキスに菊乃が驚いて振り返る。

「博巳さん、びっくりした！」

「本当は口にしたかった」

素直に言うと、菊乃は迷った顔をしてから、「ん」とこちらに唇を突き出してくる。

ぎゅっと瞑られた目ととがった唇が可愛らしくて噴き出してしまった。

キスがくると思っていたらしい菊乃は俺の笑い声に目をぱっと開けた。

「な、なんですか？　キスは？」

「ごめん、ごめん。きみがしたいなら」

「したいって言ったのは博巳さんで……」

言葉をふさいで今度こそ唇を重ねた。大好きな俺の妻。絶対に離したくない。

我慢できずに舌で唇を割り開き、口腔を深く味わう。菊乃が身をよじらせ、わずかに俺の胸を押し返した。

「博巳さん、苦しい」

「もっと、じゃなくて？」

「お料理中ですよ……」

そう言いながら、菊乃の目も唇もなまめかしく俺を誘っている。俺のためだけにこういう表情をするようになった菊乃に、さらに独占欲と執着が湧いてくる。

「最後までしたくなったな」

「それは駄目……」

「じゃあ、キスは満足するまでさせてくれ」

満足なんかできないくせに、と腹の中で思いながら、コンロの火を止める。そのままキッチンの壁に菊乃を押しつけ、たっぷりと唇を味わった。鼻に抜けるような菊乃の吐息が情欲を煽る。

「菊乃、愛してる」

「私も、……私も愛してます」

愛の言葉も吸い込んで、飽きることなく唇を貪り合った。


二日後、菊乃は大使夫人とのランチに出かけていった。職員の伊藤が送り迎えをしてくれたので、菊乃の安全については問題ないだろう。

大使夫人と近くのリストランテに出かけ、戻ってきた菊乃はマンションに戻る前に、俺のオフィスに顔を出した。

職員たちに挨拶をしながら、俺の許へやってくる。

「ええ、奥様に楽しいお話をたくさん聞かせていただきました。それとイタリア語を褒めていただきました」

大使夫人の気遣いで、いい時間を過ごせたようでホッとする。あとで、あらためて御礼を言わなければと思いつつ、菊乃の表情が硬いことに気づいた。

「玄関まで送る」

そう言って、オフィスを出てから声をひそめて尋ねた。

「何かあったか？」

「たいしたことではないんですけれど、リストランテで知らない男性に話しかけられました」

菊乃はおずおずと答える。

「奥様がお手洗いに行っているとき、私がひとりでテーブルにいたんですけれど、知らない男性が『やあ、きみの名前は？　日本大使館に勤めてるの？』って」

大使夫人の顔を知っていて、そんな声かけをしたのだろうか。イタリア人は陽気で会話が好きな人間が多いが、その状況で菊乃に話しかける理由がわからない。

「それで菊乃は？」

「黙っていました。答えないほうがいい気がしたので。そうしたら言われました。『この国に長くいたいなら、黙ってニコニコしていればいい。日本人は得意だろう』って」

それは先日のメモの事件を踏まえた明らかな脅しだ。菊乃が見た内容を、誰にも話さない方がいいという意味の。やはり、相手側は菊乃が重要な内容を知ってしまったと考えているのだ。

「菊乃、迷わず話してくれてありがとう。……怖かっただろう、大丈夫か」

「平気です。奥様が戻ってきたとき変に思われないように普通にしていたんですけど、博巳さんの顔を見たら緩んじゃいました」

菊乃は青ざめて見えるし、俺に事情を話す声はかすかにふるえていた。怖かったに違いない。

「伊藤に送ってもらうつもりだったが、俺が休憩を取ってきみを送る。大使館内は安全だから、エントランスで待っていてくれないか」

「お仕事中なのに」

「きみの安全が優先だ」

菊乃を待たせ、俺は一度抜ける旨を上司に話しに行った。

マンションへ菊乃を連れ帰り、部屋まで送る。菊乃は顔色こそ優れないが終始落ち着いていた。いじらしいくらいの気丈さだ。

「送ってくれてありがとう、博巳さん」

俺を見上げて謝る菊乃を抱き寄せた。

「気にしなくていい。きみを守ると言いながら、不安な目に遭わせてしまった」

「大丈夫。例の人たちがああいう形で接触してきたってことは、黙っていれば何もしないって意味でしょう」

菊乃は逆に俺の背を撫で、力強く言う。

「だんだん、この状況にも慣れてきたところです。こんな経験、日本にいたらできなかったと思うし」

「無理やりポジティブな思考にしなくてもいいんだぞ」

「ポジティブになりますよ。私は博巳さんとのイタリア生活をこのまま続けたいんだもの」

俺だってそうだ。だから、この生活を守るためにも、菊乃の危険を排除したい。

今は極力菊乃を世間にさらさないようにすることしかできないが、何か解決の糸口があればいいのに。

しかし、それから一週間後に事態が大きく動いた。ヴァローリの秘書が逮捕されたのである。ルース島を根城にするマフィアから、違法な武器を密輸していた疑いだ。

この件は大使館内でも話題に上った。先日、一緒に会食した者も多くいるからだ。そして、俺は日本の上司から今回の逮捕劇に、俺がもたらした情報がわずかばかり貢献していたことを知った。

『加賀谷が見たというヴァローリの秘書風の南イタリア方言の男……。おそらく、マフィアとヴァローリを仲介している犯罪グループのひとりだ。イタリア国防省はそいつらをマークしている。ヴァローリと会っていたという情報は大きい』

日本の真野室長からの電話に、俺は息を呑んだ。

「それで秘書の逮捕に踏み切ったんですか？」

『ヴァローリ本人をいきなり引っ張るのは難しいからな。イタリア国防省はずいぶん前からヴァローリが単なる政治家ではなく、テロを起こしかねない危険人物だとみなしていたようだ』

「テロですか」

『現政権を揺るがせるためのテロだよ。マフィアや犯罪グループとの繋がりも、武器の密輸もおそらくはそのためだ』

俺は情報の扱いについては知る立場にない。しかし真野室長の言い方だとヴァローリの調査情報は、日本政府だけでなくイタリア国防省からも提供を依頼されていたのだろう。

まさか秘書の逮捕に一役買うことになるとは思わなかった。

『加賀谷の奥さんも偶然とはいえ、情報提供に感謝するよ。表向きの表彰はできないが、お手柄だ』

真野室長の明るい声に、素直に手柄だとは思えなかった。菊乃は巻き込まれているのだ。

「ヴァローリはどうするつもりでしょうか」

『秘書が逮捕されて、本人だってただじゃすまないはずだが、現状は、無関係だと主張しているようだ。秘書はマフィアと通じて大型の銃火器を買い集めていたが、その目的や金の流れは知らないし自分は関係ない、とさ。マスコミが騒ぎ出すのはこれからだろう』

そのマスコミ関係者にも顔が利けば、報道を誘導するのも可能ではないだろうか。

ヴァローリに会ったときの人のよさそうな様子を思い出し、底が知れない気がしてくる。

『捜査は続く。加賀谷には引き続きイタリアでの活動を頼む』

「わかりました」

電話を切り、菊乃の安否を考えた。おそらくは菊乃の見たメモは、捜査のほんのわずかな手伝いにしかならなかっただろう。それでも、流出したメモが秘書逮捕の原因だとヴァローリ側が考えたらどうなる。

和太鼓コンサートは目前。その日までに捜査の手が及ばなければ、ヴァローリ自身は秘書に罪を押しつけ平気な顔で出席するはずだ。

その後ヴァローリ側から日本大使館への連絡はなかった。担当者を通じて、コンサートは出席する旨は伝わってきた。

どうやら、無実の弁明はとうにしているので、こちらへの報告は不要と考えているようだった。らしいといえば、非常にらしい対応だ。

議会や世論はバッシングを強めているが、報道は思ったより過熱していない。

状況を鑑みて菊乃には今回のイベント参加の見送りを提案した。しかし、出席しないほうがわざとらしいのではないかと菊乃が言う。

「博巳さんのそばを離れないようにしますので」

妻として責任をまっとうしようとしているのだろう。その覚悟に、俺は頷くしかできなかった。

「わかった。どうしても別行動になる瞬間があるだろうが、きみの安全にできるだけ配慮する。俺といるときは、俺が守る」

コンサート当日はよく晴れ、昼から開場したイベントは大勢の人で賑わっていた。ホール前の広場はフードワゴン目当ての客も多く、家族連れや若者の姿が目立つ。人の流れにつられてか観光客も訪れているようだ。

コンサートは十五時開演の予定。コンサート前に、俺は担当者とともにヴァローリのいる特別観覧席にやってきた。

『今日はよろしくお願いします』

挨拶をすると、ヴァローリは最初と寸分たがわぬ人の好い笑顔を俺に向けた。

『素晴らしいイベントの直前に、部下の不祥事があって申し訳ないよ。まったく長年仕事をしていて、部下の本性も見抜けないとは自分が情けない』

あくまで自分は関係ないというスタンスは清々しいほどである。俺は極力私情を挟まないよう答える。

『ヴァローリ先生が一番ショックでしたでしょう。マスコミの対応にお疲れのことと思います。和太鼓の音色が、少しでも先生のお心の慰めになればいいのですが』

『私も楽しみにしていたからね。勇壮な演奏に力をもらうとするよ』

『このコンサートは先生のお力で開催できるのです。終演後のパーティーもぜひよろしくお願いします』

深々と頭を下げて、特別席から退こうとするとヴァローリが笑顔で尋ねた。

『今日はきみのヤマトナデシコは一緒かな』

『……はい。同行しています』

『いや、彼女の言っていた唐揚げをぜひ食べたいなと思ってね』

そう笑顔で答えたヴァローリは、まったく他意などなさそうに見えた。

コンサートは大盛況だった。チケットは完売。和太鼓の力強い演奏は非常に評判がよく、アンコールも入れて二時間以上の演奏会となった。

大使館職員も何人も聞きに行っていて、大使夫妻も今日のコンサートを楽しんだ。

俺は仕切り役ということもあって、あちこち忙しく動き回っていた。菊乃のそばにいたかったが、演奏以外の時間はなかなか一緒にいられない。菊乃は他の職員たちと一緒に行動すると言い、堂島さんがなるべく近くにいると約束してくれた。会場の警備は現地警察が担当し、大使夫妻にも護衛がつくため、堂島さんの仕事はそう多くはないそうだ。

「素敵でしたね。演奏」

「ああ」

「音がお腹に響いたぁ。拍手もすごかったし。日本の文化が受け入れられるのって嬉しいですね！」

コンサートが終わると、菊乃は満足そうに言う。純粋に楽しんでくれている姿に、一瞬緊張感がほどけた。彼女のこういう素直な精神には、いつも救われているように思う。

「菊乃、このあとのパーティーだが、後半は伊藤たちに任せて俺はきみを送る予定だ」

「大丈夫ですか？　私は目立つところにいますから、最後まで一緒にいますよ」

「いや、きみの仕事はもう充分だ。少し待たせるが必ず俺が連れ帰るから」

電源を入れたばかりのスマホが震えだす。パーティー会場のセッティングをしている職員からだ。呼び出しである。

「すぐに堂島さんが来るからここで待っているといい」

「わかりました」

俺は菊乃を客席に残し、電話応対をしながらホールを出た。堂島さんの姿は客席後方に見えたし、すぐに菊乃と合流してくれるだろう。

広々としたエントランスを使って、この後立食形式のパーティーが開催される。パーティーは招待客のみだが、コンサートの観客はそのまま外のフードワゴンに流れるので、ちょっとしたお祭りのような賑わいだ。

日はもうほとんど暮れ、ワゴンのある広場の街頭も点き始める時分だ。

ふと、スマホが振動しているのに気づいた。見れば堂島さんからだ。

「はい、加賀谷です」

『加賀谷、菊乃さんは一緒か？』

「いえ、まだ客席にいるはずですが」

『いないんだ』

すっと背筋が冷えた。菊乃がいない？

彼女と別れてまだ五分と経っていない。警備の関係で、後方の席にいたはずの堂島さんが菊乃の席に行くのに、さほど時間がかかったわけでもない。そのわずかな間にいなくなったというのか。

「本人に電話をかけてみます」

一度堂島さんとの通話を切り、菊乃に電話をかけるが出ない。何度かかけ直すうちに堂島さんが俺のいるエントランスまで出てきた。

「出ません」

「女性スタッフにトイレを見てこさせたけど、いないようだ。彼女のスマホに位置情報共有アプリを入れていたな」

「はい。今、見ています」

菊乃に断って、防犯対策に位置情報共有アプリを入れてある。位置はホールから動いていない。

堂島さんとホールの座席に戻って菊乃のハンドバッグがそこに残されていることに気づいた。スマホもバッグの中だ。スマホが手元になければ、菊乃の行方は捜せない。

足元が揺らぎそうな不安を覚えた。

ヴァローリは菊乃がここに来ているか確認していた。もしも菊乃を拉致(らち)しようと考えているなら、この場は最適だ。菊乃が他の情報を持っていると考えて、もしくはこれ以上ヴァローリを不利にしないために彼女の身柄を確保しようとしているなら……。

「ホールの警備責任者に連絡を取って、彼女の特徴を開示して見かけなかったか確認している。表のフードワゴン、裏口付近には該当者なしだ。まだ数分だ。近くにいるはずなんだが」

「堂島さん、地下に搬入口がありましたよね」

このホールの半地下に機材を入れる搬入口がある。業者以外立ち入らない場所だ。トラックなどの大型車が車寄せできるようになっている。

「楽器や演奏機材の運び出しは明日です。今は人通りが絶えている。そこから菊乃を連れ出すつもりかもしれません」

「確かにあそこなら目立たずに車に乗せられる。急ごう」

堂島さんの言葉と同時に駆けだした。

菊乃に何かあったらどうしようという不安と、同じくらい絶対に誰にも渡さないという強い気持ちがわいてくる。彼女は俺の妻だ。誰にも触れさせない。

菊乃、無事でいてくれ。

9 危機一髪

突きつけられたのがなんであるか最初わからなかった。

相手は近くの座席にいた中年の女性だったし、「チャオ」と、さも何か尋ね事でもあるかのように声をかけてきたのだ。

油断してしまった。気づけばお腹のあたりに銀色に鈍く光るナイフが見えた。

『静かにして』という意味の言葉が耳に届く。

『荷物はその場に。進んで』

スマホはハンドバッグの中だが、置いていかざるを得ないようだ。咄嗟に周囲を見まわしたけれど、すでに博巳さんの姿はなく、ホールを出る人たちは流れを作っていて私に起こっている事態に気づく人はいない。

女にナイフを突きつけられたまま、私はいくつかあるホールの出入口のうち、ステージに近いドアからホールの外に追い立てられた。このホールのエントランスとは反対側。案の定、狭い廊下に人影はない。

『まっすぐ進んで』

先日話しかけてきたのは男だった。今私を脅して連れて行こうとしている女はその仲間だろうか。

もしかしなくてもヴァローリ側の人間だろう。私がメモをリークしたと考えている人物。

実際、私が見た内容はわずかで、捜査に直接役に立ったかもよくわからない。しかし、彼らはそう思っていないのだ。もし彼らが私に報復を考えているなら、命はないだろう。それなら素直に拉致されるわけにもいかない。

『あなたたちの独断？　ヴァローリ議員は知っているの？』

小さな声で話しかけると女が抑揚のない声で答える。

『黙れ』

『外交官の妻が消えたら、国際問題よ。わかってるの？』

スロープ付きの階段を下りさせられ半地下になった出口にやってくる。こんな裏口があったのか。開け放たれたドアの向こう、宵闇の中に機材搬入などのトラックが数台停まっている。

すると、ドアから男がひとり入ってきた。間違いない。この前、リストランテで私に声をかけてきた男だ。

『何も言わなくていいと言ったのに』

男が馬鹿にしたように笑う。怯えそうになる心を必死に叱咤して、私は男に向かって言った。

『私が何を誰に話したというの？』

実際に私はほとんどメモの内容を読めていない。しかし、この弁明が役に立つとも思っていない。

『私をどうするつもり？　殺すの？』

『おまえが気にすることじゃないよ』

語尾に侮蔑の言葉をつけて言う。背後の女が答えた。

『安心しな。イタリア男と恋仲になって駆け落ちしたってことにしてやるから』

この連中は本気で私を拉致しようとしている。

ヴァローリの疑いが晴れるまで監禁されるとか……。いや、そんな生ぬるい話ではないだろう。殺されてしまうかもしれない。

だけど、そうしたら博巳さんはどうなるの？　彼も命を狙われる？　それとも安全のために日本に帰国させられる？

博巳さんは私を救出するために死に物狂いになるだろう。だけど国際問題になるのを回避するために、日本側が私を切り捨てる道を選んだら……。あり得ないとは言えないし、おそらく日本政府が動く頃、とっくに私の命はないだろう。

私が死んだら博巳さんはひとりになってしまう。守れなかった、救えなかったと自暴自棄になってしまうのではなかろうか。それは絶対に駄目だ。

私だってこのまま死んだら、もう博巳さんに会えない。

『私が消えたら日本の外務省が動くわ』

ナイフの切先を背中に感じながら、私は一世一代の大嘘をつくことにした。眉を吊り上げ、きつく目の前の男を睨みつける。

『私はただの職員の妻じゃない。私自身がエージェントよ』

私の後ろで女が非常に汚いスラングで『バカじゃないの？』という意味合いの言葉を呟いた。目の前で男がわざとらしく噴き出す。

馬鹿にしてくれて結構。信じようが信じまいが構わない。私は男を鋭くねめつけ、毅然とした口調で続けた。

『あなたたちが私を逆恨みして殺そうとしているなら、バカな選択だわ。ヴァローリ議員は遅かれ早かれマフィアとの繋がりの疑いで捜査の手が及ぶ。逃げ切れても権威は失墜する。あなたたちも終わりよ』

『おまえはそんな心配しなくていい。自分の死体が魚の餌になるのか、豚に食われるのかだって心配する必要はないんだ』

物騒な言葉を吐かれ、背中に汗が伝うのを感じた。怖い。だけど、ここでおとなしく震えていても結果は同じだ。

隙を見て、背後の女から逃げなければならない。ナイフは危険だが、命を取られるくらいなら、腕や脚を切りつけられても構わない。ただ、怪我を負えば逃走が難しくなる。痛みで気力も萎えるかもしれない。それに今は見えないが、男は拳銃を持っている可能性がある。拳銃で撃たれたらおそらくその場で終わりだ。

『くだらない話は無視しろ。移動するぞ』

男が車のある外へ向き直ろうとした瞬間だ。

頭上に影を感じた。

『ぎゃあっ！』

次の瞬間衝撃と背後の女の叫び声。私は女の肩にぶつかって弾き飛ばされ、狭い廊下の壁に激突した。

床に膝をついて、急いで顔をあげればそこには博巳さんがいた。半地下になっている出入口の上、一階部分から様子をうかがって飛び降りたようだ。女は博巳さんに踏みつぶされ、あがいている。ナイフを捜そうと手をばたつかせているが、そのナイフはとっくに博巳さんの手の中だ。

「俺の妻に、よくも！」

日本語で叫んだ博巳さんに男が対峙する。

『てめえ』

スラングでののしりながら男がポケットに手を入れた。息を呑む間もなく、男を背後から羽交い絞めにして制したのは堂島さんだった。外から入ってきたので、博巳さんと挟み撃ちの格好になったようだ。

『うちのエージェントをどこに連れていくつもりだった？』

堂島さんがにっと口の端を引いて笑い、そのまま男を床にうつ伏せに引き倒した。その後ろから、会場警備を担当していた警察官がどやどやと入ってくる。男女はあっという間に確保され、外の車で待機していた男ふたりも身柄を押さえられていた。そのうちひとりはスーツこそ着ていなかったが、以前会食でメモを落とした男だ。私が秘書のひとりだと思ってメモを拾った男。

「菊乃！　怪我はないか？」

博巳さんが私を助け起こす。私は必死に頭を整理しながら、こくこくと何度か頷いた。

「乱暴な方法で割り込んですまない。女がナイフをきみから離す一瞬をうかがっていたんだが、こんな形になってしまった」

「大丈夫……。博巳さんは？　怪我はないですか？」

「ああ、俺は」

私は自分の腕にべったりと血がついているのに気づいた。その血は博巳さんの手のひらから流れている。どうやらナイフを取り上げる瞬間、刃の部分をつかんだらしかった。一文字に切り傷がついている。

「大変、すぐに手当てを……！」

「たいした傷じゃない。それより、怖い思いをさせてすまなかった。一瞬でも、きみをひとりにすべきじゃなかった」

うつむいて唇をかみしめる彼の手をワンピースについていたサッシュベルトで押さえて止血した。たった今まで感じていた恐怖より、博巳さんが怪我をしてしまったことの方が怖い。

ぎゅうぎゅうと手で圧迫していると、博巳さんが私の手に自身のもう片方の手を添えた。

「ありがとう。きみが無事で本当によかった」

「本当にごめんなさい。油断しました。スマホを持つ暇もなくて。捜してくれてありがとう」

泣きそうになるのをぐっとこらえる。安堵と博巳さんの怪我の心配で感情がめちゃくちゃだ。

そこへ堂島さんが駆け寄ってくる。

「菊乃さん、大丈夫か？　加賀谷はすぐに手当てだな」

「堂島さん、ありがとうございました。お怪我はないですか？」

「ああ、菊乃さんが時間を稼いでいてくれて助かったよ。俺は警察官たちとぐるりと外側から回り込んでいたから」

ふたりは私が連れていかれてすぐに捜索してくれていたのだ。そして、救出の機会を探っていたのだ。

「菊乃さんを誘拐しようとした連中は、連行して事情聴取する。おそらく、ヴァローリとマフィアの連絡役だろう。加賀谷、パーティーの中止の手配だ」

「いえ、幸い大きな騒ぎにはなっていません。パーティーは予定通り開催します」

博巳さんは手の怪我を自分で押さえながら続ける。

「ヴァローリは彼らが捕まった事態をまだ知らないでしょう。パーティーの中止とともに部下の失敗を知れば、行方をくらます恐れもあります。俺の方で日本の上司に連絡を取りますので、イタリア軍警察に動いてもらいましょう」

「パーティーは時間稼ぎか。そんなにうまくいくか？」

「数時間の拘束で何ができるかわかりませんが、しないよりマシでしょう。それに、外務省職員家族が拉致されかけたと公になるのは好ましくない。国家同士の問題としても、外務省としても」

博巳さんがこちらを振り向いて尋ねる。

「菊乃、きみを大変な目に遭わせたのに、この件は隠匿しなければならない。許してくれ」

「もちろんです！　私が原因で外交問題になったら大変です」

しかし、博巳さんは怪我をしているのだ。縫わなければならない深さだったらどうしよう。

私の心配そうな顔を見て、博巳さんはかすかに笑った。

「ちゃんと手当てしてからにする。安心してほしい。ただ菊乃には控室を用意して警備をつける。そこで待機してくれるか」

「わかりました！」

「いやあ、菊乃さんは立派なエージェントだよ。肝が据わってる」

堂島さんがにやりと笑い、私はさっきも同じ言い回しをされたことに思い至った。そうか。乱入するタイミングを計っていたということは、私のはったりも聞こえていたのだろう。犯人相手に、私こそが外務省のエージェントだと言い張ったのだ。

私は途端に恥ずかしくなって、「忘れてください」と蚊の鳴くような声でつぶやいたのだった。


出演者用の控室で、博巳さんは手当てを受けた。幸い縫わなくてもいいそうで、大きなテープと包帯を巻いて治療は終わり。替えのシャツは他の職員が買ってきてくれた。

博巳さんが手当てなどで遅れた時間は、同僚の伊藤さんらがパーティーを仕切ってくれていたそうだ。

私は控室でそのまま待機となった。堂島さんや警察官が警備に立ってくれていたそうだが、このあたりから私の記憶は曖昧(あいまい)になっている。

ホッとしたせいもあってか、抗えないくらいの眠気がやってきて、身体を起こしているのがつらい。やがて、その記憶も途切れた。夢の中で博巳さんの声が聞こえ、彼が私を抱き上げた感触があった。

目が覚めると室内には常夜灯がともっていた。眠っている場所が自宅でも、コンサートホールの控室でもないというのはすぐに気づいた。

ここはどこだろう。

寝たままの姿勢で首をめぐらせると、横のベッドで博巳さんが休んでいるのが見えた。博巳さんがいる。そのことにホッとすると、コンサート直後の事件が思い起こされた。

大変な目に遭うところだった。博巳さんたちがすぐに駆けつけてくれなかったら、私の命はなかったかもしれない。

「ん」

私の身じろぎの音で博巳さんの瞼（まぶた）が震え、ゆっくりと目が開く。

「菊乃、起きていたのか？」

「博巳さん、私、眠ってしまったみたいで」

「ショックな出来事のあとだ。無理もない」

博巳さんが身体を起こした。

「ここは日本大使館内のゲストルームだ。もう安全だ」

そこまで聞いて、私はようやく自分がいるのが日本大使館なのだと気づいた。ここはイタリアにある日本。確かに一番安全なところだろう。

「あのあと、どうなりましたか？」

「ヴァローリは早々に計画が失敗したのを悟ったようだよ。引き留めたがパーティーから引き揚げていった。しかし、彼と繋がりのある犯罪グループがきみをさらおうとしていた件は日本に報告し、イタリア政府に情報が行っている。おそらくヴァローリは近日中に召喚されるだろうな」

「失脚するんでしょうか。逮捕とか」

「マフィアと通じていたというなら醜聞で失脚。武器を蓄え、犯罪グループと繋がりテロをもくろんでいたとなれば国家反逆罪。どちらにしろ、政治家としての未来は終わりだ。きみは念のため、一週間ほど大使館内で寝泊まりしてもらう」

「私は……このままこの国にいていいんでしょうか」

思わず口をついて出た。私を守るために博巳さんは怪我をしたし、多くの人が動いてくれた。国を揺るがすような出来事に近づいてしまい、この先も私の安全を守るために多くの人に迷惑がかかるなら、イタリアに居続けたいというのは我儘になるかもしれない。

「おそらくだが、ヴァローリはこれ以上菊乃を追わない。俺と菊乃のもたらした情報は些細なものだ。実際、きみをさらおうとした連中は、自分たちの失敗の補填をするために行動をしたところが大きい。あの犯罪グループは今回の件で壊滅だろう」

落とし前をつけるために私をさらおうとしたということだろうか。そんなことで命を奪われそうになったとは、ぞっとする。

「ヴァローリが恨むなら自分の悪だくみを暴いた国防省や現政権の議員たちだろう。ヴァローリを疑った彼らは各国の諜報機関に情報を募っていたんだから。今後は菊乃に過剰に護衛をつける理由もなくなり、きみは自由になれる」

「本当に……？」

「ああ。何より、俺がきみにそばにいてほしい。きみを安全な土地へと思いながら、離れたくないと願っている」

言葉を切って、博巳さんは私を見つめた。

「でも、恐ろしい目に遭ったのは菊乃だ。菊乃がやはりもう日本に帰りたいというなら、帰してやりたい。菊乃が決めていいんだ」

「私は博巳さんといますよ」

間髪容れずに答えていた。だって、もう私たちは夫婦なのだ。許されるなら離れたくなどない。

「博巳さん、あらためてなんですけど、助けに来てくれてありがとう。格好よかった。

怪我をさせてしまってごめんなさい」

「怪我は自分の不注意だ。絶対にきみを取り戻そうと焦っただけ。無事でよかった」

博巳さんが腕を伸ばしてくるので、私はベッドから降り、彼の腕の中に飛び込んだ。

すると、こらえていた涙があふれてきた。身体もがたがた震えてきた。

「本当はすごく怖かったです。死んじゃうかと思った」

しゃくり上げながら言う私の背を博巳さんが撫でる。

「俺も怖かった。きみを失ったら生きていけない」

「博巳さん、大好き。よかった。またこうして抱きしめてもらえて」

「ああ、もう絶対に離さない」

泣きじゃくる私を、博巳さんはいつまでも撫でさすってくれていた。

ジャコモ・ヴァローリはその後逮捕された。政権を取るために、マフィアと結託しテロを計画していたというのが罪状。私を狙ったヴァローリと繋がりのあるグループも全員逮捕された。

こうして私と博巳さんの日常は戻ってきたのだった。

10　ふたりで誓う未来

　コンサートの一件からひと月が経った。菊乃と俺の生活は平穏を取り戻している。

　季節は年の瀬。ローマの街は十一月後半からクリスマス、こちらの言葉でナターレの準備が始まった。カトリック教徒にとってナターレのおとずれは十二月八日、聖母マリア受胎告知日のミサからだそうだ。イルミネーションが煌めき、どことなく浮かれたムードになるのは日本と変わらない。もちろん、宗教や風習としての行事なので日本のクリスマスとは大きく違うのだろう。

「年明けに奥様と挙式なんですか」

　大使館からの帰路、伊藤と一緒になった。伊藤は独身で単身イタリアに来ている。

　俺も二十代の頃はそうだった。

「ああ、最初は挙式するつもりがなかったんだけれど、お互いの両親が挙げた方がいいと勧めるからね」

　実際は俺が菊乃のウエディングドレス姿を見たいだけなのだが、妻にべた惚れという事実は恥ずかしくて口にできないので黙っておく。

「そのほうがいいですよ。独身の俺が言うのもなんですが、結婚式って最高の記念になるじゃないですか。女性はウエディングドレスを着るのが夢って人もいますし」

これから外で菊乃と待ち合わせなので、近くのバールに入る。伊藤も一杯飲んでいくというので、エスプレッソをふたつ注文した。この店も立ち飲みが基本。こちらに来てそういったスタイルも慣れてしまった。なお、イタリアでカフェ、コーヒーというと大抵エスプレッソが出てくる。

「でも現地人じゃない外国人が結婚式をできる教会って少ないですよね」

「教会はそもそも宗教的な施設だから仕方ないな。俺たちもカトリック教徒じゃないし、海外ウエディングを斡旋しているプランナーを頼ったよ」

そもそもイタリアでは結婚式を教会、もしくは役所で挙げるのが一般的だそうだ。役所というのはなかなか驚いたが、歴史的建造物であることが多い役所はそれだけで風情があるし、何よりも費用がかからないため人気があるらしい。

俺たちはプランナー紹介のフィレンツェの教会で挙式すると決めた。ふたりきりの挙式だ。フォトアルバムを作って双方の両親に送る予定である。親たちには旅費と宿泊費を出すからイタリアに来てみないかと尋ねたが、菊乃の両親は申し訳ないからと固辞し、うちの両親は菊乃の家に足並みをそろえる形で遠慮するそうだ。その分、写真や記念品はしっかりと贈りたいと思っている。

「現地で打ち合わせもするんですか?」

「ああ。来週末に行ってくるよ。ドレスの試着なんかはローマでもできるけれど、彼女も会場の雰囲気が見たいだろうから。彼女にも彼女の両親にも満足いく結婚式にしたい」

「加賀谷さん、優し~」

伊藤が冷やかすように声をあげる。俺としては菊乃のためなら、どんなことでもしてやりたい。あの事件からまだ一ヶ月、菊乃は普通に過ごしているし、ひとりで買い物や散歩にも出かける。しかし、命を狙われたのだから、心の傷は絶対にあるはずだ。

「博巳さん、お待たせしましたぁ」

明るい声が聞こえ、菊乃が店に入ってくる。先日、仕立てたばかりのベージュの革コートは、上品で彼女によく似合う。

「あ、伊藤さんこんにちは。私も一杯注文しようかな」

俺たちがエスプレッソを飲み始めたばかりと見るや、すぐに自分も注文しに行く。彼女はこの店のエスプレッソにハンドミキサーで泡立てた生クリームを載せてもらうのが好きなのだ。

菊乃がカフェを受け取っている間、伊藤が耳打ちをしてくる。

「奥さん、いっそう可愛らしくなりましたね」

「最初から美人で可愛いが」

　思わず反射で答えてしまい、伊藤相手にいらぬマウントを取ってしまったと恥ずかしくなった。案の定、俺の反応に伊藤は笑いをこらえている。

「堂島さんとも話していたんですけど、いろいろあったのに加賀谷さんのためにイタリアに残った奥さんは愛情深い素敵な人ですよね。そんな奥さんを加賀谷さんは溺愛していて、愛された奥さんはさらに美しさに磨きが……」

「そのへんにしておいてくれ」

　照れくささと後輩にからかわれている居心地悪さに俺はむっつりとする。頬が赤らんでいたら困るのだが。

　菊乃が巻き込まれた件は、大使館内のほとんどの職員が知っている。逮捕されたヴァローリ議員の関係者に勘違いで逆恨みされたというのが皆の知る事情で、おおむね間違っていない。俺の裏方の任務は言わなくてもいいことだ。

「こちらにいる間に第一子誕生ってこともありそうですよね」

　伊藤の言葉に、俺は一瞬固まってしまった。第一子というのが俺と菊乃の子どもという意味合いであると気づくのに時間がかかったのだ。

そうか、そういうことを考えても不自然ではないのか。

俺と菊乃は愛し合う夫婦。気持ちを伝え合ったタイミングは、それどころではなかったけれど、今は日常に戻ったのだ。

菊乃は妊娠出産についてどんな考えを持っているだろう。まだ一度もそういった話にはなっていない。

そわそわするような心地を抑える俺のもとに菊乃が戻ってきた。

「年末は大使館も忙しいですか？」

「領事部の方は少しバタバタしますよ。俺たちは交代で勤務です。年越し前後三日ずつくらいは休みますけど。ね、加賀谷さん」

「博巳さん、クリスマス休暇前に文化交流事業の報告会があるんでしょう」

「ああ」

ふたりに生返事する俺の脳内には、『第一子』という言葉が居座っているのだった。

菊乃と待ち合わせたのはクリスマスムードの夜のローマを歩こうというささやかなデートのためだった。

しんと冷えた夜の空気の中を菊乃と腕を組んで歩く。オレンジ色のイルミネーションが歴史ある街をあたたかな色で染める。美しい光景だった。

この時期はまだ観光客が結構いて、ローマの街中は賑わっている。ナターレ本番になると、店はあちこち閉まり、リストランテもクリスマスメニューオンリーになり観光には不向きになるそうだ。

「博巳さん、なんだかずっと考え事してる？」

そう言われ、慌てて彼女の顔を見下ろした。隣の彼女は俺を見上げ、ふふっといたずらっぽく微笑む。

「そんなつもりはなかったけれど……変だったか？」

「変じゃないですよ。でも、博巳さん、結構顔に出るからなあ。悩みがあったら言ってほしいって思っただけ」

「顔に出るなんて、きみ以外に言われたことがないよ。本当に」

「前も言ったでしょう。お弁当屋さんのお客さんだった頃から、博巳さんは割と感情豊かです」

それは菊乃が他人の感情を読み取る力に優れているからではないだろうか。それとも、当時から俺をよく気にして見ていてくれたということか……。

いきなり妊娠出産のことを切り出すのも気が引けて、俺はごまかすために言った。

「結婚式のきみのドレスのことを考えていた。白いウエディングドレスだけでいいと言うけれど、カラードレスや着物も着た方がご両親は喜ぶんじゃないかと……」

「え？　私のためにそんな真剣に悩んでいてくれたの？　もう、気にしなくて大丈夫ですよ～。写真のためだけのお色直しはちょっと手間だし～」

明るく答える菊乃を見て、まずこの結婚式を満足いく形で完結させようと思った。変わらぬ愛を誓い、記念すべきふたりの門出を祝ったら、この想いを口にしよう。子どものことをどう考えているか。菊乃に要望はあるのか。

「博巳さん、見て。綺麗！」

菊乃が歓声をあげたのはコロッセオの隣に設置された巨大なクリスマスツリーだ。数えきれないほどの飾りがつけられ、イルミネーションであたり一帯を照らしている。

「設置だけでも大変だっただろうな」

「頑張って作ってくれた方に感謝ですね。コロッセオもライトアップされてるから、不思議な感じ。でも、綺麗！」

きゃっきゃと年相応にはしゃぐ菊乃につい笑みが漏れた。彼女はやっと、この国で、俺の隣でリラックスできるようになってきたのだな、と。

「菊乃、好きだよ」

漏れた言葉に菊乃がきょとんとする。それから、背伸びして俺の耳元に唇を寄せた。

「私も好きですよ、博巳さん」

街とイルミネーションの灯りに照らされた顔は、子どものようにはしゃいでいた。

「また新しい景色が見られましたねえ」


結婚式の準備は本格的になってきた。週末は菊乃とドレスの試着に行き、翌週末はフィレンツェの実際の教会に行って、プランナーと打ち合わせをした。イタリア人のプランナーは女性で、英語で打ち合わせができるなら外国人でも結婚式のプランニングが可能ということだ。

当日の流れなどを打ち合わせ、時間があったのでフィレンツェのクリスマスイルミネーションを眺めて帰路についた。ローマ、フィレンツェ間は一時間半ほどだ。

こうした準備の間に、俺はホリデー前の大きな仕事の詰めに入っていた。

着任してからの交流事業の報告をイタリア政府の文化事業における有識者たちの前でするのだ。さらにその内容は事前に日本大使館内でも報告し、最終的には外務省に報告書類を提出する。こうしてやることを並べれば、たいしたことではないようにも思えるが実際は膨大なデータに囲まれ毎日遅くまで資料を作るはめになっている。和太鼓のコンサートは大きなイベントではあったが、それ以外にもこの四ヶ月弱、様々な計画やイベントをこなしてきた。それらを正式な文書にし、質疑応答も含めてまとめるのはなかなか骨が折れる。

イタリア語はほぼ理解し会話できるが、専門的な会話になると少々不安でもあるので、そういった準備も必要だ。

さらには結婚式ではささやかながら菊乃にサプライズを用意している。その準備は家でできないため、仕事の帰り道に時間を作って手配をした。菊乃に喜んでもらえるなら痛くもかゆくもない。

報告会が終わればクリスマス休暇になる。大使館職員は当番制で出勤だが、普段より時間はできる。菊乃と結婚式の準備の最終段階に入り、ふたりでのんびり過ごそう。クリスマスはホテルのディナーを予約している。庶民的な店で食事をすることが多いので、初めてのイタリアでのクリスマスは特別なものにしたかった。

休暇が明けたら結婚式。楽しい予定が目白押しで、今までの人生で一番わくわくしているかもしれない。忙しいが活力に満ち、なんでもできる気がする。隣には最愛の妻がいてくれるし、怖いものなんかない。

難関の報告会は半日以上かかって終わった。大使館に戻り、報告書類をあげると、クリスマス休暇前の大きな仕事は終わり。

どっと疲れが押し寄せてきた。俺は椅子の背もたれに身体を預け、天井を仰いだ。二十一時過ぎのオフィスに居残る人はない。少々だらしない姿でも、今だけは勘弁してほしい。さすがにくたびれた。身体が重たくて仕方ない。

しかし、心は軽い。明日は日中少し仕事をしたら、夜には菊乃とクリスマスディナーなのだ。用意してあるプレゼントは気に入ってくれるだろうか。

早く帰ろう。建物を出て、目の前の門を目指すが、なぜかぐらぐらと視界が揺れた。おかしい。疲れているのだろうか。なんとなく息苦しい感覚がある。

門を出たところで警備に立っている軍警察の青年に挨拶をされる。いつものように俺も挨拶を返そうとするのだが、のどから声が出なかった。

『カガヤさん？』

呼ぶ声が頭上から聞こえてきて、俺は自分が路上に膝をついていることに気づいた。

次に目覚めたときは、白い天井が見えた。全身が痛くて身体が動かせないが、前腕に点滴が刺されているのが常夜灯の灯りでもわかった。ここは病院だろうか。

「博巳さん、気がついた？」

首をめぐらせると、ベッド横の椅子から腰を浮かせ菊乃が俺を覗き込んでいる。彼女も座った姿勢で眠っていたのかもしれない。目が腫れぼったい。

「菊乃、……俺は倒れたのか」

「そう。扁桃腺が腫れて、高熱が出ていたみたいです。疲れて免疫が落ちたんだろうってお医者様が」

菊乃は現在までの経緯を簡単に説明してくれた。大使館前で倒れた俺は病院に運ばれ、すぐに菊乃が呼ばれたそうだ。俺の病状について医師から説明を受けた菊乃は、俺が目覚めたときにそばにいたいと無理を言って病院に居残ったそうだ。

「こんな言い方はあれですけど、すぐに見つけてもらえるところで倒れたのはよかったですよ。誰もいないオフィスで意識を失ったら、危なかったです」

「すまない……菊乃……」

「博巳さん、最近すごく忙しそうだったから。これはゆっくり休めってことですよ」

俺の胸に布団をかけ直し、菊乃は聖母のように微笑んだ。

「まずは寝ましょう」

呪文のように響く菊乃の声。ゆるやかな眠気が再び襲ってきた。

薄れゆく意識の中で、明日のクリスマスディナーのことを考えた。せっかくの菊乃とのデートなのに、おそらく明日は難しいだろう。それが悔しくてならなかった。

予想した通り、俺の熱は翌日も下がらず、一日中病院のベッドで過ごすこととなった。ディナーはキャンセル。菊乃はほぼ一日中病室にいてくれた。

熱が下がったのと、担当医師がクリスマス休暇に入ったという理由で、三日目には退院許可が下りた。しかし、当分は自宅療養で安静とのことだ。

解熱しても関節痛や倦怠感は強く、自宅ではほとんどベッドで過ごしている。菊乃は甲斐甲斐しく俺の世話を焼いてくれた。日本から持ってきていたうどんを柔らかく煮たり、おかゆを炊いたりと、食事を作って部屋にもってきてくれる。

大丈夫だと断っても倒れたら大変とシャワーの前で待っているのだ。着替えている間にシーツの交換や部屋の換気をし、俺を部屋に追い立てながら菊乃は熱心に言う。

「また熱があがるといけないから、寝ていてくださいね。お水もちゃんと飲んで」

「菊乃が思いのほか過保護だとよくわかったよ」

苦笑いをしつつ、せっかくのクリスマスディナーをキャンセルしてしまった申し訳なさは心から消えていかなかった。

ベッドに戻る前に、クローゼットの中に隠しておいた包みを取り出す。ベッドに腰掛け、菊乃を呼んだ。

「なんですか」

「これ。本当はクリスマスに渡したかったんだ」

「え、プレゼントですか？」

「開けてみてくれ」

菊乃が期待の表情で包装紙を開ける。俺の選んだプレゼントはファーのついた革の手袋だ。コートに似合うように選んだつもりだったが、アクセサリーの方が喜んだだろうかと今更不安になる。

「実用的すぎたかな。ネックレスや指輪の方がよかったか？」

「いいえ。すごく嬉しいですよ！　コートにぴったり。博巳さん、ありがとう！」

菊乃が目を細めて笑う。その笑顔にも言葉にもなんの嘘もなく、心の底から喜んでいるのが伝わってきて、彼女の素直な性質をことさら愛しく思った。

「菊乃、クリスマスディナーを駄目にしてすまない。結婚式前の大事な準備期間に寝込んで申し訳ない」

「何を言ってるんですか！」

一転、菊乃が眉間にじわを寄せ、怒った顔になる。

「頑張りすぎて体調を崩した人が謝るものじゃないです！」

「でも、自己管理がなっていなかった。きみよりずっと年上なのに、情けない」

「もしかしてだらしない姿を見せたって思ってますか？」

菊乃がヘッドボードにプレゼントを置いて、俺の隣に腰掛ける。顔を下から覗き込んでくる。

「私の前で弱っているところは見せたくなかった？」

「そんなつもりは……。いや、多少あるかもしれないな」

菊乃に言われて、自分では気づかなかった気持ちにぶつかった。そうか、俺はどこかで菊乃を年下の庇護すべき存在だと思い続けてきたのかもしれない。

「きみより十歳も年上だからと気負っている部分はあるだろうな。あとは単純にきみに幻滅されたくないから、情けないところは見せたくない」

「もう、そんなこと言わないでください。どんな私も好きだって、旅行した夜に博巳さん言ってくれたじゃないですか。私も同じ気持ちですよ」

菊乃がふーとため息をついた。

「私たち年は離れているけれど夫婦ですよね。契約夫婦になったときだって、対等な契約でしたよね。愛情で結ばれた今だって対等ですよ」

「菊乃……」

「弱いところを隠さないで。ひとりで頑張りすぎないで。私を頼ってください。あんまり頼りがいはないけれど、私だってあなたを支えたいんだから」

「菊乃は充分自立した女性だ」

わかっていながら、俺は彼女を庇護することで独占欲や愛着を満たしていたのかもしれない。

「ごめん、菊乃。俺はもっときみに頼るべきだったんだな」

「そうです。もっと頼って、甘えてください」

さあっ！と菊乃は元気いっぱいに腕を広げる。飛び込んでこいというジェスチャーに思わず噴き出したが、菊乃の気持ちに甘えることにした。菊乃の柔らかな身体は安心する。

「菊乃、ありがとう。俺の妻は最高に素敵な女性だ」

「エージェントですから！　博巳さんのためだけの！」

そう言って笑う彼女をきつく抱きしめた。

俺の体調は年明けにはすっかり快癒し、フィレンツェの教会での挙式は、予定通り行われることとなった。

スタッフ数人と牧師と俺たちだけで行う結婚式。先にタキシードを着て仕度を終えた俺は、チャペルの前で待機する。そこに菊乃が現れた。

息を呑んだ。

菊乃は髪をアップスタイルにし生花で飾って、シンプルなラインのウエディングドレスを着ている。メイクは派手派手しくなく、爪も華美ではない。

それなのに、なんて神々しいんだろう。菊乃の表情、立ち姿、髪の毛一本まで光って見える。

「菊乃、すごく綺麗だ」

「ありがとう、博巳さん！」

「いつも可愛いけれど、今日は格別輝いているよ。眩しいくらいだ」

恥ずかしかったが、どうしても伝えたくて耳打ちをする。

「大好きな人と結婚式をするんですもの。人生で一番キラキラしますよ、そりゃあ」

にーっと無邪気に笑う菊乃。

俺たちは腕を組み、チャペルへ入る。ヴァージンロードをふたりで歩く。

菊乃が気づいた。

左右のモニターには俺たちの両親が映っていることに。

「博巳さん」

菊乃が驚いたように俺の名を呼び、それから嬉しそうに見上げてくる。瞳が喜びで輝いていた。

遠方で呼べなかった互いの両親にはリモート参加を頼んでおいたのだ。モニターの両親たちは笑顔だった。菊乃の母親が涙をぬぐっている。

大きめのテレビサイズモニターの手配はプランナーとスタッフに協力してもらい、親たちには俺が連絡をした。準備は菊乃には内緒で進めた。

家族が見守る中、俺たちは牧師の立つ祭壇前に進み出た。誓約の言葉、指輪の交換、ベールアウトをして誓いのキス。俺たちの様子を両親は厳粛に見守っていた。

結婚証明書を記入し両親に見せると、息子の結婚式はとうに期待していなかったはずの両親も嬉しそうに手を叩いていた。

宣誓のあとに時間を設けたのは披露宴をしない代わりに、俺たちから両親に言葉を伝えるためだ。菊乃にはサプライズだったので手紙の用意などない。だから、俺もなんの準備もせずに両親にこれまでの感謝を伝えた。菊乃が続いて両親に向かい合う。

「お父さん、お母さん、今日はありがとう」

言いながら、菊乃の目からは涙があふれていた。透明で綺麗な雫は菊乃の頬を伝って、ドレスや床にぱたぱたと落ちる。

「いろいろ、我儘を言って迷惑をかけてごめんなさい。だけど、お父さんとお母さんが私を東京に送り出してくれたから、博巳さんと会えたんだ。今、夢だった語学の勉強をしながらイタリアにいられるのもお父さんとお母さんのおかげだよ」

『菊乃、幸せにね』

「もう充分幸せだよ。だけど、もっともっと博巳さんと幸せになるね」

そう言って菊乃はくしゃっと顔を歪めた。目の端からぼろぼろっと涙がこぼれ、つい俺は菊乃の腰を抱き寄せてしまった。

「菊乃とふたりで笑顔の絶えない家庭を作ろうと思います。今日はありがとうございました」

家族に頭を下げ、賛美歌の流れる中ふたりで退場をした。チャペルを出てなかなか泣き止めない菊乃にハンカチを手渡す。

「もう、博巳さん、こんなことを企画してたの？　驚いたぁ」

「写真だけじゃ申し訳ないと思ったんだ。日本に帰国してからもう一度式を挙げることも考えたけれど、イタリアでの挙式は今回だけだから」

「ありがとう。嬉しかったです」

ぽろぽろと涙をこぼして微笑む菊乃に愛しさがあふれて、思わずキスをしていた。

誰にも見られないチャペルの外でのキスだった。


それからのスケジュールが実は結構大変だった。

と、いうのもフォトアルバムを重視したいという希望を出していたため、挙式の間だけでなく、様々なウエディングフォトを撮らなければならなかった。

フィレンツェ市内でミケランジェロ広場やウフィツィ美術館前での撮影はもちろん、アルノ川沿いや街角でも撮影をする。軽い気持ちで申し込んだが、俺個人の感覚で言えば観光客も多いこれらの場所での撮影は少々恥ずかしかった。ただ、こういった撮影は多いらしく、地元民も観光客もあまり気にしていない。むしろ、『結婚式？おめでとう』『素敵だね』などと声をかけてくる人もいた。菊乃はそういった反応にも素直に喜び笑顔で御礼を言っていて、彼女の性格の美しさをいっそう感じた。

ホテルに戻って着替えをする。俺は白のスーツ、菊乃は薄桃色のドレスだ。レースがふんだんに使われているが、すとんとしたシルエットは素朴で、物語に出てくる妖精の女王みたいだ。

フォト用のお色直しである。これも、菊乃には内緒で進めた。菊乃は驚きながらも喜んでいた。ドレスを選んでいたときに菊乃が可愛いと指さしていたカラードレスを選んでおいて、正解だったようだ。

ホテルの中庭は緑豊かな庭園で、そこで写真撮影の続きを行った。イタリア式の庭園で階段状の滝や噴水もある。サレルノのミネルヴァ庭園で見たような棚状になったレモンの木があり、その下で微笑んだ菊乃はとても絵になった。

すべての撮影が終わると、さすがに俺も菊乃も疲れ果てていた。プランナーたちと挨拶をしてようやく結婚式の予定全行程を終えたのだった。

ディナーはホテルに特別なコースを頼んであるが、まだ時間があるので、夕暮のフィレンツェの街をふたりで歩いた。疲れているけれど、今ベッドに横になったら、俺も菊乃もディナーを食べ損ねる自信しかなかったからだ。

「あ～、楽しかったぁ！　博巳さん、結婚式してよかったですね！」

「ああ、俺もそう思っていたよ」

「博巳さん、ありがとう。いろいろ計画してくれて。サプライズもたくさんで、嬉しかったです」

「菊乃と夫婦になったときは、一緒にいられるだけでよかったけれど、今日きみの美しい姿を見て記念を残せてよかったと思う」

菊乃が俺を見上げて、ふふと笑った。

「博巳さん、最初に会った頃より、もっともっと表情が豊かになって、もっともっと優しく笑うようになりましたね」

「そうか？　たぶん、菊乃の前だけだよ」

「博巳さん、私のこと、大好きですもんね」

挑発的ないたずらっこの笑顔に、俺は照れながらうなずいた。

「ああ、きみのことしか考えられないくらい大好きだ」

「えへへ、言わせてしまいました。私も博巳さんが宇宙で一番大大大好きです」

「なあ、菊乃」

俺はずっと考えていたことを口にする。言わなくてもいいかとも思ったが、菊乃はきっと俺だけで抱えているのは好まないだろう。

「子どものことは考えているか？」

菊乃は目を丸くし、それからゆっくりとうなずいた。

「実を言うと、ちょっとだけ考えていました。博巳さんと私、年が離れているから、博巳さんは意識するんじゃないかなって」

「俺は正直、いてもいなくてもいい。お互いの両親は孫が生まれれば喜ぶだろうが、そのために子どもを作らなくてもいいだろう。俺は、菊乃の意思が聞きたい」

「えっと、じゃあ正直に言いますね」

菊乃は俺の手に自分の手を絡め、見上げてきた。

「私はまだ……もう一年か二年はふたりきりで過ごしたいです」

「この前、不安な思いをさせてしまったしな。日本で産む方が安全かもしれないよな」

「博巳さんのお仕事が理由じゃないですよ？　ええと、なんというか、単純な話なんですけど、私はもう少しだけ博巳さんを独占していたいの」

菊乃の顔を覗き込むと、困ったように頬を赤らめた菊乃がいた。

「子どもっぽいことはわかってます。でも、赤ちゃんができたら、優しい博巳さんは夢中になってしまいそう。私はもう少し……私だけを見てほしいな……なんて」

「菊乃！」

思わず菊乃の腕を引き、その身体を掻き抱いていた。

「そんなに可愛いことを言わないでくれ。きみが愛しくて止まらなくなる」

「博巳さんがそうやって私を甘やかして、たくさんたくさんほしがってくれるから……。私、どんどん我儘になってしまう。私だって博巳さんが好きすぎて止められないんです」

夕焼けに染まる街の片隅、木の陰でキスをした。愛しくて胸が苦しい。

「いつか、博巳さんの赤ちゃんがほしいです。でも、それまでは私だけの博巳さんでいて」

「当たり前だ。これほどきみに夢中な男の気持ちを疑わなくていい。いつか赤ん坊が俺たちのもとにやってきたら、きみも子どもも同じだけ愛すると誓うよ」

「嬉しい、博巳さん」

もう一度キスをして、俺たちは固く抱きしめ合った。

三十代で出会った最愛の女性。恋をして、妻にして、夢中になった。この愛が俺たちふたりのものだと知ったときは、幸福でおかしくなりそうだった。

だけど、今はなお幸せだ。菊乃とならいくらでも新しい感情を知れる。新しい景色を見られる。

俺は愛する妻に人生を捧げようとあらためて誓った。ずっと一緒にいたい。祈りにも似た気持ちだった。

エピローグ

十三時間のフライトは順調、予定通り午前九時には成田空港に到着するだろう。

「見えてきたあ」

私は窓から見える東京の街に声をあげた。三年ぶりの日本だ。

隣の座席の博巳さんは私の手をぎゅっと握って、私越しに街を眺めている。

「帰ってきたな」

「日本での生活、楽しみだね」

私は答えて、お腹をさすった。ふくらんできたお腹には六ヶ月になる赤ちゃんがいる。私と博巳さんの大切な赤ちゃんは年明けに生まれてくる予定だ。

イタリア赴任を終え、私たちの新生活は日本で始まる。

成田から久しぶりのマンションに戻った。お義母さんが定期的に管理していてくれたマンションは、私たちが住んでいた頃のまま。懐かしさと帰ってきた感覚に胸がいっぱいになった。

「フライトでお腹が張ったりしていないか？」

「大丈夫、予定通り出かけよう」

マンションから向かったのは私のかつての勤め先、二重丸弁当本社だ。今日挨拶に行く旨は伯父夫妻に伝えてあるし、パートさんやすでに退職した清原さんらアルバイトスタッフも顔を出してくれるそうだ。なお、従兄の正さんは勘当されてから姿を現していないらしい。関西で働いているという連絡だけ伯母にあったようだ。

「安定期だからって無理をするなよ」

「博巳さんがいてくれるから安心してるんだよ」

見上げると頭を撫でられた。私が妊娠してから、博巳さんはいっそう過保護で溺愛状態だ。くすぐったくて嬉しい。赤ちゃんが生まれたら、やっぱり私は赤ちゃんに嫉妬してしまうんだろうなと思いつつ、博巳さんの深い愛を信じていたいとも思う。

お土産をたくさん持って向かった二重丸弁当本社には、会いたかった人たちが集まってくれていた。

「菊乃ちゃん、おかえり。まあ、お腹がふっくらしてきて」

「いつ生まれるの？」

「ご主人イケメンね～！」

まずは圧すら感じるパートの和田さんたちのお出迎え。博巳さんを紹介するのが初だから仕方ないよね。

次に清原さんたち店舗のアルバイトスタッフたちが集まってきた。清原さんは学校卒業とともにアルバイトを辞めていて、現在は大手健康食品会社の研究室にいるそうだ。

「菊乃さん、おめでとうございます！　赤ちゃん、男の子ですか？　女の子ですか？」

「清原さん、ありがとう。まだわからないんだ」

性別は前回イタリアの病院で見てもらったときはわからなかった。転院予定の日本の産院に行くのは来月なのでそのときにわかるのではないかと思っている。

男の子でも女の子でも、博巳さんに似たら高身長の美形に違いない。

「菊乃さんがママになるなんて。嬉しいですよ～」

「一緒に働いていたのはほんの三年前なのに、なんだか時間の流れが速く感じるよね」

そんな話をしていると、伯父と伯母がようやく近づいてきた。

「菊乃、身体は問題ないか？」

「伯父さん、伯母さん、おかげ様で赤ちゃんは順調です」

「おまえには迷惑ばかりかけちまったから、俺たちにできることはなんでもする。おまえが嫌じゃなければ、頼ってくれよ」

おずおずといった様子で言う伯父を恨んでなどいない。誤解は三年も前に解けているし、伯父と伯母にお世話になった過去は消えないのだ。

「はい。赤ちゃんが生まれたら会いに来ます」

笑顔で言って頭を下げた。


博巳さんと二重丸弁当を出ると、昼時だ。

「来週は俺の実家。再来週は菊乃の実家。先に帰国した堂島さんと伊藤が、それぞれ食事に誘ってくれている。帰国早々ハードスケジュールだけど、菊乃は無理しなくていいからな」

博巳さんが言い、私はお腹を撫でながら答える。

「はーい。苦しいときは言いまーす。でも、会いたい人ばかりだから、会いに行きたいなあ」

「今は赤ん坊優先だぞ」

もう一度、はーいと返事をすると、ちょうど思い出した。この道で三年前、プロポーズされた。契約婚をしてほしいって。

博巳さんも同じことを考えていたようで、私の方を見た。

「あのとき、ここで菊乃に会えてよかった」

「本当にね。すれ違いで会えない可能性だってあったものね」

博巳さんは少し考えるような顔をして、ふっと笑った。

「いや、きっとあのとき会えなくても、俺は菊乃を探したと思う。俺にとっては大事な大事な恋だったから」

「ふふ、博巳さんに愛されてるって実感できて嬉しいエピソード」

ニマニマ笑う私の腰を博巳さんがそっと抱いた。

「菊乃、イタリアではありがとう。三年間助かった」

「なあに、あらたまって」

「これからは日本でよろしく」

「また、数年のうちにどこかの国に行くことになるんじゃない？」

「そのときはこの子とついてきてくれるか？」

私のお腹を撫でる手に、手を重ね、私は微笑んだ。

「もちろん。どこまでもいつまでも一緒だよ」

私と彼、そして生まれてくる赤ちゃん。たくさんの景色を見よう。たくさんの愛を分け合おう。そうして、幸せを紡いでいこう。

（了）

特別書き下ろし番外編

初めての夜明け

まどろみから覚醒し、ゆっくり目を開ける。暗い室内は静かだ。カーテンの隙間からローマの街が明け方なのだとわかる。まだ日は登らないが、空に明るさが混じり始める時分だ。

俺はシーツに手を這わせ、愛しい妻の温度を探した。しかし、手を伸ばした先にいるはずの菊乃がいない。

「菊乃？」

かすれた声で呼んでも応える声はなく、俺はのろのろと身体を起こした。

昨晩、初めて菊乃を抱いた。

長く片想いをしてきた契約関係の妻。この想いは俺だけのものだと思っていたのに、いつしか菊乃の内にも気持ちは芽吹き、育っていた。気持ちを伝え、菊乃の気持ちを知り、本当の夫婦になろうと誓い合った。

菊乃の愛の言葉を聞き、初めてキスをした。身体と心に触れ、想いを確認するように探り合い、ようやく繋がれたときは涙が出るほど嬉しかった。

ずっとこうしたかった、と告げた俺にしがみつき、菊乃は喜びと感動をない交ぜにした表情でありがとうとささやいた。

愛する喜びと愛される喜びを知った夜だった。

それなのに菊乃がベッドにいない。

あれは俺の都合のいい夢だったのだろうか。菊乃が愛しすぎて見た夢。本当の菊乃はもうとっくに俺から離れ、東京に帰ってしまったのではないか。

菊乃の顔が見たい。昨晩愛し合ったのが嘘ではないと確認したい。ベッドから降り、ルームウェアのズボンだけ身に着け、よろけながら寝室とリビングをつなぐドアを開けた。

菊乃はそこにいた。パジャマの上だけを羽織って窓辺に立ち、ゆるやかにやってくる朝を見つめている。その横顔は静謐（せいひつ）で、彫刻の聖母像を思わせた。

「菊乃」

菊乃が振り向く。俺を見てふわっと優しく微笑んだ彼女は、聖母から生身の人間に戻っていた。ちゃんと俺の愛する妻の姿をしている。

「起こしてしまいましたか？　はい、お水」

少し照れたような顔で、ミネラルウォーターのペットボトルを差し出してくる。昨晩のことを思い出しているのかもしれない。俺は受け取り、そのままの勢いで彼女のしなやかな身体を抱き寄せた。

現実の菊乃に安堵と喜びが溢れてきた。ああ、ここにいる。やっと捕まえられた。

「目が覚めたら菊乃がいなかった。驚いた」

感情がめちゃくちゃで、ささやいた声はねぼけた子どものようなかすれ声になってしまった。「あら」と小さな声が聞こえる。

「ゆうべのことが夢だったんじゃないかと不安になって」

こんなことを言って、俺は本当に子どもにでもなってしまったみたいだ。菊乃がいなくて不安だったなどと、本人に告白するとは。彼女より十歳も年上なのに情けない。

すると菊乃は俺の両頬を手のひらで包んだ。そして三日月のように目を細めてささやくのだ。

「ふふ、夢じゃないですよ。そばにいるでしょう」

それは魔法の言葉に聞こえた。俺の中にあった不安の最後のひとかけらが淡雪のように消えていく。そして、菊乃は背伸びをして俺の唇にキスをくれた。一瞬の軽いキスを終えると、恥ずかしそうに俺の腰に腕をまわしてくる。

「まだ早いです。ベッドに戻りましょう」

「ああ」

ベッドに戻ったものの、不安が愛おしさに変わり、何度も彼女にキスを繰り返してしまう。震えるほどいとおしくて離したくなくて、胸が苦しい。

「博巳さんったら」

菊乃はくすぐったそうに笑う。そんな笑顔だけで俺はもっともっと彼女に夢中になってしまう。

「朝が来るのが惜しいよ」

「なぜですか」

「ひと晩中、こうしてきみを抱いていたい。ゆうべは幸せで、夢みたいな夜だったから」

カーテンの向こうでは、きっと今日最初の陽光が街を照らしているだろう。朝が来れば、俺は菊乃と離れ仕事に行くのだ。そして、彼女を巻き込んでしまった事件に、立ち向かっていかなければならない。彼女を守り抜くために。

このままベッドで菊乃とまどろんでいられたらどれほどいいだろう。危険も不安もない安全な楽園で、彼女と安寧の眠りを味わえたらどれだけいいか。

「私だって、夢みたいでした。でも、夢じゃないですよ。この先、数えきれないくらい一緒に夜を過ごすんでしょう？」

「……そうかもしれないけれど」

「それに、私は博巳さんと朝を迎えたいです」

俺の様子が寂しそうに見えたのか、菊乃は恥じらいの表情を徐々に優しい笑顔に変えていく。純真な瞳で俺を見つめて告げた。

「きっとあなたと迎える新しい一日は、昨日よりもっと素敵だから」

俺はわずかに目を見開き、彼女を力いっぱい抱きしめた。

「ああ、そうだね。その通りだ」

「博巳さん？」

「菊乃はいつも俺を照らしてくれる」

何に臆しているのか。気弱なことを考える必要はない。

菊乃は離れずにここにいてくれるのだ。愛する妻がいるなら、俺はどこまでも強くなれるじゃないか。

「菊乃、愛しているよ。こうして朝を待とうか」

「ふふ、私たちまた眠ってしまいそう」

「目を閉じて待つんだよ」

鼻と鼻をくっつけ、くすくすと笑い合う。いつもの時間にアラームが鳴るだろう。それまで束の間の休息だ。やがて、俺は本当にそのまま眠ってしまった。菊乃も同じようだった。

互いを守り合うようにしっかりと抱き合って、俺たちは朝を迎える。新しい一日をふたりで始めるために。

家族だから

「花、待って〜」

刈り込まれた草地を転がるように駆けていくのは私たちの娘・花。二歳になった彼女はいつも元気いっぱいだ。今日も公園に到着するなり、駆け出していってしまう。

敷地面積の広い、大きな公園に今日はピクニックにやってきた。

もちろん、まだ二歳の小さな娘を放っておけないので、私も必死になって追いかける。花と過ごしていると、育児に体力は必須項目だなあと痛感する。

後ろからがしっと胴体を掴むと、鬼ごっこで捕まったとばかりに花はきゃあっと楽しそうな歓声をあげる。

「危ないよ。勝手に走っていかないで」

「おかしゃん、めっ！」

抱き上げるとじたばたと暴れる。まだ走り回りたいのだろうけれど、まずは帽子をかぶせたいし、鼻水も拭いてからにしたい。活きのいい魚みたいな娘に苦労しているところに、博巳さんが追いついてきた。手にはレジャーシートとお弁当。

「花は速いなあ。また足が速くなった」

「そうなの。スーパーとかでもいきなり走り出すからびっくりするよ〜」

「二歳になったばかりでこの運動能力。先が楽しみだ」

暴れる娘をうっとりと見つめながら博巳さんは言う。博巳さんは自他ともに認める親馬鹿だ。愛娘は世界で一番可愛く、大泣きされてもイヤイヤ攻撃にあっても、まったく動じない。……いや、この前イヤイヤ全開の花に「おとしゃ、やっ！」と抱っこを拒否されたときは心底悲しそうな顔をしていたわ。

でも、彼の花への愛は揺らぐことがない。

「博巳さん、花が駆けっこしたいって。一緒に走ってきてくれる？」

「わかったよ。さあ、花、行こう」

「あい」

草の広場をふたりは元気よく駆けていった。花が先行して走り、博巳さんが追いかける。博巳さんが待て待てと手を伸ばすと、花が興奮した叫び声をあげる。大きな手をかいくぐり、逃げおおせた花はまた歓声をあげる。

私はレジャーシートを敷いて、冷え予防にクッションとブランケットも準備して座った。

日曜日の公園は、私たちのような親子連れや、犬を散歩させる人、ウォーキングやランニングをする人で賑わっている。

寒さ厳しい二月でも、日差しがあると心地よいものだ。空は青く、雲が少ない。

空を見るといつもイタリアにいた三年間を思い出す。イタリアの空は日本より青かったように感じる。紫外線も日本より強かったなあなんてことも思い出す。

イタリアは私と博巳さんが契約婚で渡り、愛を育み、本当の夫婦になった土地だ。思い出がたくさんあり、帰国して二年半が経った今も、時折無性にローマの街並みを見たくなる。

いつか、花がもう少し大きくなったら家族で行きたい。お父さんとお母さんにとって、思い出の国だよって教えてあげたい。

ふと、あたりを見回し、博巳さんと花の姿が見えないことに気づいた。広い公園だから見えなくても仕方ないけれど、どこに行ってしまったのだろう。

すると、遠くからわんわん泣く声が聞こえてくる。耳になじんだその声。だんだん近づいてきた声がやっぱり娘のものだとわかった。

花は博巳さんに抱きかかえられ、大声で泣いている。

「転んだんだ。見ていたのにすまない」

博巳さんが困った顔で花を下ろす。レジャーシートに座らせた花のレギンスは血の染みができていた。そっとめくり上げると、両方の膝小僧をすりむいていた。

「散歩中の大型犬に驚いて逃げようとして転んでしまったんだ。犬の方は挨拶するみたいにちょっと顔を近づけただけなんだけど。飼い主さんを恐縮させてしまったよ」

「あ～、花ってそういうところがあるのよ。元気なんだけど、案外気が小さいっていうか」

花にも犬にも、お互い残念な事故だったようだ。花は痛いのと驚いたのでまだ泣き止まない。消毒薬で傷を拭き、ばんそうこうを貼った。レギンスとスカートを脱がせ、着替えのズボンを穿かせる頃には、ようやく泣き声がすんすんというしゃくり上げる音に変わっていた。

「花、手も拭こうね」

幸い手には擦り傷はなく、汚れを落として終わりだ。すっかり意気消沈してしまった可愛い娘は博巳さんの腕の中に納まり、やがて眠そうな顔をし始めた。

「あら、お昼を食べる前に寝ちゃいそう」

「興奮しすぎたんだな。いいよ。お昼は起きたあとで」

今日のお弁当は博巳さんがサンドイッチを作ってくれたのだ。花の好きなチーズときゅうりのサンドイッチもある。

博巳さんは、花が寝やすいようにと抱っこ紐を腰に巻いた。抱っこ紐のホールド感が好きらしく、安眠してくれるのだ。

すうすうという小さな寝息に、まだたまにしゃくり上げるような息が交じる。娘の呼吸音を聞きながら、私と博巳さんは並んでレジャーシートに腰を下ろし、空を見上げた。

高い位置を飛んでいる鳥は鳶だろうか。公園を利用する人たちの声、近くの道路を通る車の音。冷たいけれど、清々しい風が通り過ぎていく。

「菊乃、いつも育児と家事をありがとう」

「なあに、急にあらたまって」

「相談があるんだ。そろそろ辞令が出るかもしれない」

辞令という言葉に、私は博巳さんを見た。

「海外？」

「ああ。まだ地域はわからない。でも、俺はおそらく声がかかる」

イタリアから帰国し、二年半が経つ。博巳さん自身が省内でキャリアアップをしていたため、すぐには次の赴任の話が来なかったけれど、確かに妥当な時期だろう。

「花は春からプレ幼稚園を予定していただろう」

博巳さんは言葉を切って、私を見つめた。

「花がお腹にいるとき、菊乃は子どもと一緒に次の赴任地も同行すると言っていたよな。だけど、実際に出産と育児をしてみて、考えに変化もあったんじゃないかと思う」

「ついていくよ！」

私はそれ以上の言葉を遮るように博巳さんに言った。

「約束したじゃない。ずっとそのつもりでいたよ。私と花を置いていかないで」

「……でも、場所によっては、軽々しく出歩けないような治安の国も……」

「それでも一緒にいるの。私たち、家族だから」

私は博巳さんの腕に触れ、それから眠る花に頬を寄せた。

「大好きな博巳さんと何年も離れていられないよ。どんなところでも絶対についていくから」

「菊乃……」

「それに、また新しい国の言葉を覚えられるかと思ったらわくわくしてきた！　私、まだ結構イタリア語も喋れるんだよ。この調子で博巳さんの赴任に付き合っていたら、何か国語喋れるようになるかなあ」

私の張りきった発言に、博巳さんがぷっと噴き出し、おかしそうに肩を揺らし始めた。

「そうだった。菊乃はそういうところがあるんだった」

「さすがにのんきすぎた？」

「いや、知的好奇心が強くて前向きなきみは、素晴らしいよ」

そう言って、博巳さんは私の額にキスをした。軽いキスだったけれど、こんなふうに外でキスされるのはイタリアにいたとき以来。

「博巳さん、ここ外！」

注意をしたら、今度は唇にキスをされた。これも触れるだけのキスだったけれど、気づけば私は頬だけじゃなく耳まで熱くなっていた。

「赤くなって、可愛いよ」

「からかわないで！」

私たちをじろじろ見ているような人はいないけれど、恥ずかしくて思わず声をあげてしまった。博巳さんはいっそう楽しそうに笑う。

「ありがとう、菊乃。実を言うと俺も、きみと花と離れるのは耐え難い」

その本音に、私はまだ熱い頬を押さえながら頷いた。

「そうでしょうとも。超愛妻家&超親馬鹿な博巳さんには私と花がいないとね」

「嬉しいよ」

落ち着くために、持ってきた水筒からあたたかなコーヒーを紙コップに注いだ。花が起きるまで、束の間の公園デートをしよう。

冬の日本の青空もいい。懐かしいイタリアの空も好き。知らない国の空も、私たちは見に行ける。新しい景色をどんどん心のアルバムに増やしていこう。

きっとそこに、成長していく私たちの娘の姿もあるから。

「私、ごはんが美味しい国がいいなあ」

「確かに。でも、イタリアは美味しすぎて太ったよ」

「博巳さん、全然変わらないから大丈夫だよ」

「アラフォーだから気をつけてるんだ。きみにも花にも格好いいと思われ続けたいから」

照れたように言う博巳さんは、出会って五年以上経つけれど、いっそう素敵で格好いい男性になっていた。

私はあふれてくる幸福な気持ちに微笑んで、彼の肩に頭をもたせた。

「博巳さん、大好き」

たとえば今この瞬間も、私たちにとっては新しい景色。

（了）

あとがき

『エリート外交官は契約妻への一途すぎる愛を諦めない～きみは俺だけのもの～【極上スパダリの執着溺愛シリーズ】』をお読みいただきありがとうございます。砂川雨路です。ベリーズ文庫では十一ヶ月ぶりの新刊となり、通算二十冊目の記念すべき作品となりました。

執着溺愛男子というテーマで書かせていただきました本作、外交官ヒーローというチャレンジでもありました。ヒーロー・博巳の仕事内容はもちろんフィクションですが、外交官のお仕事や大使館のお話など、色々相談にのってくれた知人Hさんには大感謝です。

お話は、頑張り屋のヒロイン・菊乃が、憧れの人・博巳から契約結婚を持ちかけられスタートします。イタリアでの期限付き結婚生活。三年経ったらお別れする予定なのに、菊乃はどんどん博巳に惹かれていきます。実は博巳も菊乃に想いを寄せていて……。両片想いのふたりがたどりつく結末まで、楽しんでいただけたら嬉しいです。

また、書籍化にあたり番外編を二編書き下ろしました。一編は、本編のあるシーンを博巳視点で描きました。もう一編は、エピローグから二年半後の家族のお話です。こちらも楽しんでいただけたら、嬉しいです。

最後になりましたが、本作を書籍化するにあたりお世話になった皆様に御礼申し上げます。

表紙イラストをご担当くださいましたイラストレーターの石田恵美先生、ありがとうございました。麗しくラグジュアリーなムードたっぷりの菊乃と博巳にドキドキしてしまいました。デザイナーの川内様、ありがとうございました。

担当様、今回もありがとうございました。本作も楽しく書き上げることができました。

最後の最後になりましたが、いつも応援してくださる読者様、ありがとうございます。ベリーズ文庫で二十冊もの作品を発行できたのは、待っていてくださる読者様がいるからだと思っています。

これからも、幸せで楽しいお話を書き続けていきたいです。それでは、次回作でお会いできますように。

砂川雨路（すながわあめみち）

砂川雨路先生への
ファンレターのあて先

〒104-0031
東京都中央区京橋1-3-1
八重洲口大栄ビル7F
スターツ出版株式会社　書籍編集部　気付

砂川雨路先生

本書へのご意見をお聞かせください

お買い上げいただき、ありがとうございます。
今後の編集の参考にさせていただきますので、
アンケートにお答えいただければ幸いです。

下記URLまたはQRコードから
アンケートページへお入りください。
https://www.berrys-cafe.jp/static/etc/bb

エリート外交官は契約妻への一途すぎる愛を諦めない
～きみは俺だけのもの～
【極上スパダリの執着溺愛シリーズ】

2023年9月10日　初版第1刷発行

著　者　砂川雨路
©Amemichi Sunagawa 2023
発行人　菊地修一
デザイン　hive & co.,ltd.
校　正　株式会社鷗来堂
発行所　スターツ出版株式会社
〒104-0031
東京都中央区京橋1-3-1　八重洲口大栄ビル7F
TEL　出版マーケティンググループ　03-6202-0386
(ご注文等に関するお問い合わせ)
URL　https://starts-pub.jp/
印刷所　大日本印刷株式会社

Printed in Japan

乱丁・落丁などの不良品はお取替えいたします。
上記出版マーケティンググループまでお問い合わせください。
定価はカバーに記載されています。

ISBN 978-4-8137-1475-0　C0193

ベリーズ文庫 2023年9月発売

『エリート外交官は契約妻への一途すぎる愛を諦めない～きみは俺だけのもの～【極上スパダリの執着溺愛シリーズ】』 砂川雨路（すながわあめみち）・著

弁当屋勤務の菊乃は、ある日突然退職を命じられる。露頭に迷っていたら常連客だった外交官・博巳に契約結婚を依頼されて…!? 密かに憧れていた博巳からの頼みなうえ、利害も一致して期間限定の妻になることに。すると――「きみを俺だけのものにしたい」堅物な彼の秘めた溺愛欲がじわりと溢れ出し…。

ISBN 978-4-8137-1475-0／定価715円（本体650円＋税10%）

『冷徹御曹司の偽り妻のはずが、今日もひたすらに溺愛されています【憧れシンデレラシリーズ】』 惣領莉沙（そうりょうりさ）・著

食品会社で働く杏奈は、幼馴染で自社の御曹司である響に長年恋心を抱いていた。彼との身分差を感じ、ふたりの間には距離ができていたが、ある日突然彼から結婚を申し込まれ…!? 建前上の結婚かと思いきや、響は杏奈を蕩けるほど甘く抱き尽くす。予想外の彼から溺愛にウブな杏奈は翻弄されっぱなしで…!?

ISBN 978-4-8137-1476-7／定価726円（本体660円＋税10%）

『14年分の想いで、極上一途な御曹司は私を囲い愛でる』 若菜（わかな）モモ・著

OLの紬希は友人の身代わりでお見合いに行くことに。相手の男性に嫌われてきて欲しいと無茶振りされ高飛車な女を演じるが、実は見合い相手は勤め先の御曹司・大和で…！ 嘘がばれ、彼の縁談よけのために恋人役を命じられた紬希。「もっと俺を欲しがれよ」――偽の関係のはずがなぜか溺愛が始まって…!?

ISBN 978-4-8137-1477-4／定価726円（本体660円＋税10%）

『怜悧なパイロットの飽くなき求愛で双子ごと包み娶られました』 Yabe（やべ）・著

グランドスタッフの陽和は、敏腕パイロットの悠斗と交際中。結婚も見据えて幸せに過ごしていたある日、妊娠が発覚！ その矢先に彼の秘密を知ってしまい…。自分の存在が迷惑になると思い身を引いて双子を出産。数年後、再会した悠斗に「もう二度と、君を離さない」とたっぷりの溺愛で包まれて…!?

ISBN 978-4-8137-1478-1／定価726円（本体660円＋税10%）

『極秘の懐妊なのに、クールな敏腕CEOは激愛本能で絡めとる』 ひらび久美（くみ）・著

翻訳者の二葉はロンドンに滞在中、クールで紳士な奏斗に2度もトラブルから助けられる。意気投合した彼に迫られとびきり甘い夜過ごして…。失恋のトラウマから何も言わずに彼のもとを去った二葉だったが、帰国後まさかの妊娠が発覚！ 奏斗に再会を果たすと、「俺のものだ」と独占欲露わに溺愛されて!?

ISBN 978-4-8137-1479-8／定価726円（本体660円＋税10%）

ベリーズ文庫 2023年9月発売

『落ちこぼれの辺境令嬢が次期国王に溺愛されて大丈夫ですか?～モフモフしてたら求婚されました～』 晴日青（はるひあお）・著

田舎育ちの貧乏令嬢・リティシアは家族の暮らしをよくするため、次期国王・ランベールの妃候補選抜試験を受けることに！　周囲の嘲笑に立ち向かいながら試験に奮闘するリティシア。するとなぜかランベールの独占欲に火がついて…!?　クールな彼の甘い溺愛猛攻にリティシアは翻弄されっぱなしで…。

ISBN 978-4-8137-1480-4／定価737円（本体670円＋税10%）

ベリーズ文庫 2023年10月発売予定

Now Printing

『悪いが、君は逃がさない【極上スパダリの執着溺愛シリーズ】』 佐倉伊織（さくらいおり）・著

百貨店で働く紗弥のもとに、海外勤務から帰国した御曹司・文哉が突如上司として現れる。なぜか紗弥のことを良く知っていて、仕事中何度も助けてくれる文哉。ある時、過去の恋愛のトラウマを打ち明けたらいきなりプロポーズされて…!?　「諦めろよ、俺の愛は重いから」──溺愛必至の極上執着ストーリー！

ISBN 978-4-8137-1487-3／予価660円（本体600円＋税10%）

Now Printing

『タイトル未定【憧れシンデレラシリーズ4】』 宝月（ほうづき）なごみ・著

真面目な真智は三つ子のシングルマザー。仕事に追われながらも子育てに励んでいた。ある日、3年前に契約結婚を交わした龍一が、海外赴任から帰国すると真智を迎えに来て…!?　すれ違いから一方的に彼に別れを告げ、密かに出産した真智。ひとりで育てると決めたのに彼の一途で熱烈な愛に甘く溶かされ…。

ISBN 978-4-8137-1488-0／予価660円（本体600円＋税10%）

Now Printing

『君の願いは俺が全部叶えてあげる～奇跡の花嫁～』 伊月（いづき）ジュイ・著

製薬会社で働く星奈は、"患者を救いたい"という強い気持ちを持つ。ある日、社長である祇堂の秘書に抜擢され戸惑うも、彼の敏腕な仕事ぶりに次第に惹かれていく。上司の仮面を外した祇堂は、絶え間ない愛で星奈を包み込んでいくが、実は星奈自身も難病を患っていて──。溺愛溢れる珠玉のラブストーリー！

ISBN 978-4-8137-1489-7／予価660円（本体600円＋税10%）

Now Printing

『タイトル未定（パイロット×看護師）』 宇佐木（うさぎ）・著

看護師の夏純は、最近わけあって幼馴染のパイロット・蒼生と顔を合わせる機会が多い。密かに恋心を抱いているが、今更関係が進展する様子はなく諦め気味。ところが、ある出来事をきっかけに蒼生の独占欲が爆発！　「もう理性を抑えられない」──溺愛全開で囲われ、蕩けるほど甘い新婚生活が始まって…!?

ISBN 978-4-8137-1490-3／予価660円（本体600円＋税10%）

Now Printing

『きみは俺がもらう　御曹司は仕事熱心な部下を熱くからめ取る』 彼方紗夜（かなたさや）・著

恋人に浮気され傷心中のあさひ。ある日酔っぱらった勢いで「鋼鉄の男」と呼ばれる冷徹上司・凌士に失恋したことを吐露してしまう。一夜の出来事かと思いきや、その日を境に凌士は蕩けるように甘く接してきて…!?　「君が欲しい」──加速する彼の溺愛猛攻と熱を孕んだ独占欲にあさひは身も心も乱されて…。

ISBN 978-4-8137-1491-0／予価660円（本体600円＋税10%）

タイトル、価格等は変更になることがございますのでご了承ください。